헤비메탈 걸스

최원종 희곡집 · 2

헤비메탈 걸스

최원종 희곡집 · 2

평민사

차 례

2018년, 딸 '여름' 이가 4살이 되었습니다.

아이가 태어난 날은 2015년 8월 17일, 한여름.

그 여름날에 제 머릿속을 가득 메웠던 생각은, 돈을 벌어야겠다!! 였습니다.

작가의 삶을 정리하고, 장사를 해서 돈을 벌어야겠다, 생각하니 난생 처음 느껴보는 책임감으로 가슴이 뜨거웠습니다.

이게 아빠의 모습일 거야! 저는 그렇게 생각했습니다.

그때 어머니가 제게 말씀하셨습니다.

'… 그냥 여름이랑 즐겁게 놀아.

돈 벌겠다며 세상 무게 다 짊어진 사람처럼 우울하게 있지 말고.

연극을 하는 너한테, 작가인 너한테 여름이가 더 많은 걸 보고 배울 거야…'

어머니는 평생 장사를 해 오신 분입니다. 어머니는 제가 장사를 해서 돈을 벌 수 없다는 걸 일찌감치 아셨던 거죠.

그래서 이 세 번째 희곡집은 저한테는 새로운 출발입니다.

희곡집을 준비하면서,

딸 여름이가 이 책을 읽고, 아빠는 어떤 사람일까? 하는 모습을 상상해봅니다.

아빠는 '웃긴 사람' 이네, 라고 생각해준다면, 그것으로 가난한 작가의 삶을 살아가는 저한텐 너무나 큰 행복일 것 같습니다.

***

여기에 실린 세 편의 희곡은 제 인생에 큰 변화를 가져다준 작품들입니다.

저는 30대 중반이었습니다, 이 희곡들을 쓸 때는요. 그러더니 훌쩍 43살의 중년이 되어버렸습니다.

안녕, 헤비메탈 걸스~ 외톨이들~
그리고 사요나라 후쿠시마!
오랫동안 제 곁에서 나와 함께 동고동락했던 작품들…

세상에서 제가 처음으로 관객을 웃길 수 있다는 것을 증명해준 헤비메탈 걸스.

너무나 조용해서, 아내 외에는 아무도 웃길 수 없을 거라고 생각하며 살아온 저한테,

헤비메탈 걸스는 누군가를 웃길 수 있다는 자신감을 준 작품입니다.

외톨이어도 외롭지 않다는 것을 증명해준 외톨이들.

이 작품으로 외톨이 작가였던 저는 4만 명 넘는 관객을 만날 수 있었습니다.

후쿠시마의 대지진과 원전사고로 달라진 내 세계관,
평생 후쿠시마 원전사고와 그 이후의 일본사회를 연구하면서, 살아

가고 싶습니다.

언젠가 후쿠시마의 문제가 우리의 삶에도 큰 변화를 가져오리라, 저는 생각하고 있습니다. 일본의 문화를 사랑하는 저는, 줄기차게 후쿠시마의 이야기를, 일본의 작가들보다 더 많이 써나가고 싶습니다.

***

제 작품의 모든 주인공들은 외톨이입니다.

세상으로 나가는 이 책도 누군가의 눈에 띄기 전에는 외톨이일 것입니다.

그 외톨이의 시간들을 잘 견디어서 부디 많은 사람들을 만났으면 좋겠습니다.

외톨이 파이팅~~

서문

라오스로 신혼여행을 갔을 때,
아내의 손에는 「헤비메탈 걸스」 대본이 들려있었다.
우리는 공모결과를 기다리고 있었다.
넌 잘 될 거야!
걱정을 하는 나한테, 아내는 입버릇처럼 말했다.
공모에는 떨어졌지만, 다음 기회가 올거라고 힘을 실어주었다.
「헤비메탈 걸스」는 그 후, 관객을 즐겁게 해주는 내 대표작이 되었다.

일본 요코하마로 공연을 떠났을 때,
아내는 서울에서 나 대신, 조연출로 「안녕, 후쿠시마」 연습을 했다
연습 도중에 자리를 비우게 된 나는 밤마다 전화통화로 배우들과 연습을 했다.
공연 며칠 전에 나는 서울로 돌아왔다.
「안녕, 후쿠시마」는 많은 관객들한테 폭발적인 사랑을 받았다.

처음으로 기획작품을 의뢰받아 썼던 작품, 「외톨이들」.
작품을 의뢰한 연출님이 희곡을 읽더니, 심각하게 작업을 그만둬도 된다고 말했다.
집에 돌아와서 아내한테 말하자,
아내는 포기하지 말자고 했다.
포기하지 않고 쓴 「외톨이들」은 전국을 돌며 관객들한테 엄청난 사랑을 받았다.

Heavy Metal Girls

마흔살 아줌마들의 헤비메탈 입문기

헤비메탈 걸스

Heavy Metal Girls

등장인물

주영 – (여/ 39세) 중소기업 식품개발부에서 15년 근무. 식품개발 팀장.

정민 – (여/ 39세) 같은 부서. 15년 근무. 식품개발 연구원

은주 – (여/ 39세) 같은 부서. 15년 근무. 식품개발 홍보 마케팅

부진 – (여/ 35세) 같은 부서. 7년 근무. 식품개발부 막내. 잡일.

웅기 – (남/ 35세) 헤비메탈 학원을 운영하는 전직 헤비메탈 기타리스트

승범 – (남/ 35세) 전직 헤비메탈 드러머

차부장 – (남/ 50세) 중소기업 식품개발부 부장.

※ 승범이 차부장 역할도 한다.

1장

어둠 속에서 35살의 부진이 보인다.

그녀는 7년차 회사원으로 말끔한 정장을 입고 있다.

그녀가 일하는 곳은 중소기업의 식품개발부서이다.

이 이야기는 식품개발부에서 일하고 있던 박부진과 세 여자들의 헤비메탈 입문기이다.

부진 (내레이션) 내 이름은 박부진입니다. 나이는 35살. 사람의 운명은 이름을 따라간다고 하잖아요. 저는 학교 들어갈 때부터 성적이 부진했습니다. 건강도 부진했고, 무엇보다 부모님의 경제적인 사정이 무척 부진했습니다. 고등학교 때는 몸이 좋지 않아서 1년간 집에서 쉬어야 했구요. 참 부진한 인생이었습니다. 28살에나 회사에 입사를 하게 되었으니까, 대학 졸업하고 바로 입사한 친구들에 비하면 부진한 행보입니다. 회사에 들어가서는 줄을 잘못 서서 승진이 늦어졌습니다. 그리고 지금은 조기 퇴직을 해야 하는 위기상황입니다. 이유는 제가 입사한 이후 꾸준하게 회사의 경영실적이 부진해져서 인원감축을 하게 됐기 때문입니다. 어디나 제 이름의 운명은 저를 배신하지 않고 잘도 따라오는 것 같습니다.

전 아직 미혼입니다. 연애는 대학 다닐 때 딱 한 번 해봤습니다. 짝사랑이었습니다. 연애도 참 부진합니다. 그런 제게 놀라운 일 하나가 일어났습니다. 바로 헤비메탈에 입문하게 된 일인데요, 그것은 제 인생에 아주 우연히 찾아온 운명적인 연애와도 같은 사건이었습니다. 그리고 보면 인생은 참 장난스러운 데가 있는 것 같습니다. 멋진 남자 대신 헤비메탈을 제게 보내주었으니까요.
앞으로 펼쳐질 이 이야기는 제가 어떻게 헤비메탈에 입문하게 되었는지에 관한 것입니다.

부진의 내레이션이 끝나면, 장소는 가라오케 안이다.
중소기업 식품개발부에서 15년째 일하고 있는 39살의 주영과 정민, 은주, 그리고 같은 부서 막내인 부진이 열심히 '소녀시대(노래:Gee)'의 노래에 맞춰 춤을 추고 있다.
Gee Gee Gee Gee Baby Baby Baby Gee Gee Gee Gee Baby Baby Baby
회식 자리.
이 자리는 그녀들의 상사인 차부장과 함께 온 3차 술자리이다.
차부장 앞에서 율동을 선보이며 열정을 다하고 있는 그녀들.
그녀들 넷의 율동은 숙달되어 보인다.
탬버린을 치는 정민과 스탠드 마이크를 잡고 있는 은주,
그 중심에 스탠드 마이크를 잡고 노래를 부르는 임신 7개월째인 주영.
약간은 어설프긴 하지만 분위기를 띄우기 위해 최선의 율동을 선보이는 부진.
하지만 역시 부진하다.
그 모습을 흐뭇하게 보지만 무척 쓸쓸하게 바라보고 있는 차부장.

노래의 간주부분에서…

주영 (마이크에 대고) 부장님. 우리는 부장님밖에 없어요. 아시죠. 차부장님은 우리들의 큰 오빠. 큰 오빠, 우리를 지켜주세요.

그녀들 우리를 지켜주세요!

주영 (마이크에 대고) 꽃다운 나이, 스물네 살에 입사해서 15년 동안 부장님 뒤에 하나!

정민 둘!

은주 셋!

부진 넷!

주영 줄을 섰습니다. 저희는 오직 부장님 라인~입니다.

그녀들 부장님 라인입니다!

그녀들은 일렬로 라인을 만들고 팔을 지그재그로 활짝 뻗으며 파도타기를 한다.

주영 (마이크에 대고) 모두들 새로 부임해 오시는 사장님과 아주 절친인 오부장님 회식자리로 우르르 몰려간 거 우리 다 알거든요. 그래도 우리 넷은 오직 차부장님! 한 사람뿐입니다.

그녀들 한 사람뿐입니다!

주영 우리를 지켜주는 수호신.

그녀들 수호신.

주영 우리를 보호해주는 로보캅

그녀들 두두두두두. 피용 피용. (로보캅 흉내)

주영 록키 빌보아.

그녀들 (록키가 필라델피아 박물관 앞에서 두 팔을 번쩍 들어 올리고 껑충 껑충 뛰는 모습 흉내)

주영 배트맨.

그녀들 (손가락으로 배트맨 가면을 만든다)

주영 스파이더맨

그녀들 (서로에서 거미줄을 쏘며 하나로 뭉친다)

주영 가제트형사.

그녀들	(거미줄을 자르고 걷어내서 자유롭게) 늘어나라 만능 팔. 늘어나라 만능 다리~ 뜬뜨르르뜬뜬 뜬뜬 뜬뜨르르뜬 뜬~
주영	옹박~
그녀들	(옹박의 모습 중 한 장면 흉내) 열라뽕따이~
주영	우리를 구해주세요, 퇴직자 명단에서!
그녀들	구해주세요, 퇴직자 명단에서!
주영	구출해주세요~
그녀들	구출해주세요~
주영	부장님, 이 배를 보세요. 출산 휴가가 영원한 휴가가 되는 건 아니겠지요. 휴가 대신 이 애를 반납할 수는 없잖아요.

주영의 마이크를 빼앗으며 앞으로 나오는 정민.

정민	부장님, 저 아직 시집도 못 갔어요. 저희 엄마 시집보내야 저 시집갈 수있는 거 누구보다 부장님이 잘 아시잖아요. 우리 엄마 시집 자금 아직 마련 못했거든요. 그거 마련해야 저도 시집가요, 부장님. 저 회사에서 짤리면 엄마 시집도 못 보내고 저도 노처녀로 늙어 죽어요. 그런 험한 꼴 보고 싶지 않으시죠?!

마이크를 빼앗아 가는 은주.

은주	부장님, 제 남편하고 아들 호주에 있는 거 아시죠. 조기유학 간지 4년 됐어요. 유학 갈 때 잘 다녀오라며, 부장님이 제 아들한테 용돈도 주셨잖아요. 저, 매달 남편 생활비, 아들 학비 보내줘야 돼요. 저 이 나이에 딴 회사도 못 가고 갈 수도 없어요. 이 회사에 청춘 다 바치고 가족의 운명까지 걸었어요. 회

사와 함께 늙어서 정년퇴직하는 게 제 입사 목표였던 거 잊지 않으셨죠?!

은주가 부진에게 마이크를 넘긴다.
부진은 어색하게 마이크를 잡는다.

부진   … 부장님… 저는요, 어… 저는 그게… 그러니까… 아무튼 힘 내세요~ 부장님, 간빠레~

그들 넷의 노래와 춤은 클라이맥스로 치달아 오르고 이내 끝이 난다.

박수를 힘차게 치는 차부장.
하지만 어딘가 힘은 없어 보인다.

차부장   수고했어. 수고했어. 정말 수고했어. 최고야. 최고.

글라스에 양주를 따라 한 잔씩 돌리는 차부장.

차부장   자, 받아. 자네도 한 잔 받고. 자. 한 잔 가득.
정민·은주   잘 마시겠습니다!
주영   이게 뭔데요?
차부장   김팀장도 한 잔 쭉 마셔.
주영   이거 이상한 뜻 담긴 술은 아니죠?
차부장   이상한 뜻이 담기다니?
정민   (술을 완샷한다) 캬아앗. 제법 독하고 맛있네. 부장님, 한 잔 더 주세요.
주영   이별주라든가, 작별주라든가.

정민	컥.
은주	부장님, 설마.
차부장	…
주영	스톱. 다들 마시지마.
정민	부장님…, 정말 그런 뜻이에요? (빈잔을 보며) 전 벌써 마셔버렸단 말이에요.
차부장	그런 뜻이라니. 그게 무슨 뜻이야?
은주	부장님, 이거 정말 이상한 술 아니죠?
그녀들	부장님?!
차부장	… 미안하다. 미안해. 정말 미안하다. 이거 이별주야.
그녀들	(패닉)
주영	다 잔 내려나.
은주	(정민의 등을 두드려주며) 뱉어! 뱉어.
정민	나 어떡해. 우웩. (게워내려 노력한다)
주영	저희 이런 거 받아 마시려고 15년 동안, 부진이는 7년 동안, 부장님 따라다닌 거 아닙니다. 잘 아시잖아요. 부장님도 우리 따라다녔잖아요. 그런데 어떻게 우리 몰래 이런 술을 만드세요? 이런 이상한 술을 우리한테 마시게 하다니. 그러시면 안 되는 거잖아요. 안 그러니 막내야?
부진	네… 부장님…, … 간빠레~
차부장	…
주영	정민아, 그거.
정민	응.

정민이, 은주와 부진 그리고 주영에게서 흰 봉투를 걷어 차부장 앞에 내민다.

주영   이거 받으세요. 부장님 양복 한 벌 쫙 빼 입으시고, 새로운 기분으로 힘내세요. 애들아, 우리 차부장님 어떤 양복 입으면 잘 어울리실까?

정민·은주·부진   알마니!

주영   알마니 한 벌 쫙 빼 입으세요.

차부장   (고개를 숙이는) 아무래도… 아무래도 이번에는… 이번에는…

정민   부장님, 뭐 이런 걸 가지고 감동받으시고.

은주   (정민의 옆구리를 찌른다)

정민   왜.

차부장   (고개를 들면 눈가에 눈물이 고여 있다) 내가 힘을 못 쓸 것 같다.

주영   부장님! 약해지시면 안돼요. 이런 때일수록 마음을 강하게 다잡으셔야죠.

차부장   알아. 알지. 약해지면 안 되지. 마음 강하게 먹어야지. 그게 당연하지. 근데 그게 당연한 건데 이번에는 안 될 것 같아. 니들이 줄을 잘못 선 것 같다. 내 뒤에 줄 서면 안 되는 거였어. 오부장 뒤에 섰어야 했던 거야. 내가 이번 퇴직자 명단에서 1순위야.

은주   안돼요, 부장님!

정민   그게 무슨 말씀이세요?

주영   이대로 그만 두시면 안돼요.

부진   네, 안돼요.

은주   우리 어떡해요, 정년퇴직의 제 꿈은요?

차부장   미안하다. 끝까지 챙겨주지 못해서. 지금이라도 늦지 않게 오부장 회식하는 자리로 가봐. 다들 거기에 모여 있으니까 아직 술자리 끝나지는 않았을 거야.

부진   그럴 순 없어요. 부장님 버리고 거기 못 가요.

정민   못 가요! 못가. 의리가 있지. 안가. 안가.

은주가 주섬주섬 짐을 챙기며 나갈 준비를 한다.

주영   야!

은주   (움찔) 어? 화장실.

주영   뭔가, 뭔가 방법을 가르쳐주세요. 제 뱃속의 애기, 7개월이에
        요. 애 밴 채로 어떻게 실직을 해요, 남편도 백순데. 저 실직하
        면 남편, 저, 애기 셋 다 백수예요.

차부장 너희들한테 고급정보 하나 알려줄게. 새로 오시는 사장님에
        대한 정보야. 일급 정보. 다른 사람들은 모르는 거야. 그걸로
        우리 쌤쌤하자. 너희들 줄 잘못 선 책임, 나한테도 있으니까.

은주   뭔데요, 그 일급정보?

차부장 이번에 오는 사장님, 고등학교 때부터 대학교, 외국에서 유학
        할 때도 헤비메탈 밴드를 했었대. 완전 헤비메탈 광이라고 하
        던데… 사장님 취미가 헤비메탈이라고 하니까, 너희들 나한
        테 했던 것처럼만 해. 어디 가서든… 귀여움 받을 거야.

정민   헤비메탈이요?

은주   헤비메탈이 뭐야?

부진   중금속을 말씀하시는 거 같진 않고.

주영   그걸 우리가 어떻게 해요. 내일 모레 우리 불혹이에요. 마흔.

차부장 … 뭐 별거 있겠냐. 헤비메탈, 뭐 별거 없을 거야.

그녀들 부장님!

차부장 (술잔에 든 술을 원샷 한다) 사장님 오면 사원들하고 설악산으로
        워크숍 간다고 하니까, 잘해봐. 나 간다.

그녀들 (부장을 뚫어질 듯이 쳐다본다)

차부장 내가 따라 준 술, 맛있게 먹어라. 먼저 간다.

그녀들 …

차부장이 가라오케를 나가려 한다. 문 입구에서.

차부장 왜 그런 눈으로 쳐다봐. 그런 눈으로 쳐다보니까 갈 수가 없
잖아. 그런 눈으로 쳐다보지 마.

그녀들 …

차부장 정민이 너, 그런 눈으로 나 자꾸 쳐다볼래?

정민 네? 어떤 눈이요?

차부장 그런 눈? 니들 자꾸 그런 눈으로 나 쳐다볼래?

주영 저희가 어떤 눈으로 쳐다봤다고 그러세요?

차부장 나 죽지 않았어. 나 죽지 않았어, 아직.

은주 우리가 언제 그런 눈으로 봤다고 그러세요.

차부장 나 죽지 않았어. 나… 안 죽었어.

주영 부장님은 안 죽어요. 우리 그런 눈으로 본 거 아니에요. 우리
가 그런 눈으로 볼 것 같아요? 우리 그런 눈으로 안 봐요. 부
장님은 이렇게 팔팔하게 살아계시잖아요.

은주 부장님! (부장을 껴안고 우는 은주)

그녀들 부장님! (부장을 껴안고 우는 멤버들)

차부장과 그녀들은 서로 껴안고 운다.
울고 있는 그녀들 무리에서 빠져나온 부진이 그들을 바라본다.

부진 (내레이션) 우리는 가라오케에서 30분 동안 부둥켜안고 울었습
니다. 그리곤 부장님을 택시에 태워 보내드렸습니다. 그 와중
에도 부장님은 우리에게 택시비하라며 1만원씩 챙겨주시는
걸 잊지 않으셨습니다.
우리는 포장마차에서 올나이트를 했고, 결국 오부장님과 다
른 직원들이 모여 있는 회식자리 근처엔 가지 않았습니다. 자

존심이 허락하지 않았기 때문입니다. 술김에 누군가 헤비메탈을 배우자고 했고 또 누군가는 그러자고 맞장구를 쳤고, 또 누군가는 당장 음악 학원에 등록하자고 했습니다.

저는 회사 근처에서 음악 학원 전단지를 받았던 일이 기억났습니다. 그 전단지에는 헤비메탈 밴드의 모습이 배경으로 찍혀있었습니다.

저는 그 전단지를 가방에서 찾아냈습니다.

(전단지를 꺼내서 본다)

한 달 후에는 새로운 사장님이 옵니다.

우리는 그 사장님이 어릴 적부터 지금까지 심취해 있다는 그 취미를, 처음부터 배우고 익혀서 줄을 서야 합니다. 앞이 까마득해서 보이지도 않는 그 줄 맨 뒤에 우리가 서게 되겠죠.

우리의 인생은 이렇게 고달프기만 합니다.

2장

'승범웅기 음악학원' 연습실.

음침하고 퇴락한 분위기다. 여기저기 시간에 의해 퇴색된 헤비메탈 그룹들의 브로마이드가 벽에 붙어 있다.

블랙 사바스. 딥 퍼플. 메탈리카. 레드 제플린. 주다스 프리스트. 시나 위. 백두산…

승범이 테이블 소파에 앉아 술을 마시고 있다.

그의 얼굴은 어깨까지 내려오는 긴 머리카락에 보이지 않을 정도.

옷은 악마 그림이 그려진 헤비메탈의 전형적인 복장이다.

웅기가 거리에서 찌라시를 돌리다 들어온다. 손에는 돌리다 남은 찌라시 뭉치가 들려있다.

웅기 역시 메탈 복장과 헤어스타일을 하고 있지만,

목에는 땀을 닦는 수건, 크로스 가방에는 물통이 들어 있다.

승범이 술을 마시는 것을 보고, 달려와서 술병을 빼앗는 웅기.

웅기 너 술 마시지 말랬지.

승범 웅기야. 술 줘.

웅기 술 좀 그만 마시라고. 이러다 너 스틱도 못 잡아. 드럼 어떻게 치려고 그래.

승범 술 마시고도 잘 잡고 잘 칠 수 있어.

웅기 손을 그렇게 떠는데 뭘 친다는 거야. 그 주먹으론 내 얼굴도 못 치겠다.

승범 술 좀 줘라 술.

웅기	술 주면? 술 주면 어떻게 할 건데?
승범	마시지.
웅기	못 줘.
승범	줘.
웅기	못 줘. (찌라시를 주며) 찌라시 돌리고 오면 술 줄게.
승범	쪽팔리게 찌라시를 어떻게 돌리냐.
웅기	그럼 난? 그럼 난 안 쪽팔리는 줄 알아? 나도 쪽팔려. 쪽 팔려도 먹고 살려고 돌리는 거야. 고기는 못 먹어도 밥과 김치는 먹어야지. 자. 빨리 돌리고 와. 그럼 술 줄게.

승범이 벌떡 일어난다. 마치 웅기를 한대 칠 듯이.
하지만 승범은 웅기의 손에서 술 대신 찌라시를 빼앗아 들고, 문 쪽으로 걸어간다.

| 웅기 | 저저. 한 대 치는 줄 알았네. 야, 너 길바닥에 막 뿌리고 그러지마. 바로 신고 들어온다, 동네 아줌마들한테. |

승범이 나가는데 마침 연습실로 들어오던 부진과 마주친다. 깜짝 놀라는 부진.
승범이 부진을 바라본다.

부진	옴마야.
승범	(바라보다가) **뻑**(fuck)~

승범 나가버린다.
부진은 승범이 나가는 것을 보며 안으로 들어오다 웅기와도 마주친다. 웅기를 보고도 깜짝 놀라는 부진.

부진 옴마야.

웅기 거참, 놀라긴. (부진을 훑어보곤) 보험 안 들어요, 나가세요, 아
     줌마.
     (부진의 손에 들린 찌라시를 발견하곤) 어?! 그거 내가 뿌린 찌라
     시네요.

부진 아. 네. 이거 보고, 여기…

웅기 진작 말씀을 하시지. 이리로 와요 여기. 여기. (승범이 술 마시
     던 테이블을 치우며) 이리로. 다른 데보다 훨씬 싸요, 여기가,
     수강료. 그리고 저희는 연습실 사용도 무제한이고, 비용도 따
     로 안 받아요. 좋죠, 저렴하고?

부진 네. 저렴하고. 감사합니다.

웅기 감사할 것까지는 없구요. 차는 뭘로 드릴까요? 커피? 옥수수
     수염차 드릴까요? 요즘 인긴데. 제가 요즘 다이어트를 하고
     있거든요.

부진 네. 옥수수수염차로 주세요.

웅기 통기타 배우시게요?

부진 아뇨.

웅기 왜요. 통기타가 잘 어울리는 외모신대.

부진 통기타가 잘 어울리는 외모가 어떤 외몬데요?

웅기 (웃는다) 음하하하하. 농담이구요. 그럼 드럼 배우시게? 드럼
     은 팔뚝 힘이 엄청 좋아야 하는데. (부진의 팔뚝을 쳐다보는) 합
     격! 엄청 뚜껍네요, 팔뚝.

부진 (두 팔을 등 뒤로 감춘다)

웅기 팔 뒤로 감출 거 없구요. 그게 좀 그러면… 탬버린? 탬버린은
     요즘 직장인들한테 인기 많아요. 농담이구 뭐 배우시게요?

부진 악기를 배우려는 건 아니구요.

웅기 (옥수수수염차를 건네주며) 아, 노래. 보컬을 하고 싶은 거구나.

그건 내 전공인데. 보컬 트레이닝.

부진 아뇨. 헤비메탈을 배울 수 있을까 해서요.

웅기 (놀라며) 헤비메탈요?

부진 그걸 꼭 배워야 해서요, 한 달 안에.

웅기 에이. 한 달 안에 헤비메탈을 어떻게 배워요? 못 배워요, 평생 해도 못 배우는데.

부진 한 달 안에는 안 될까요?

웅기 한 달 안에는 안 돼요. 포기하세요, 깨끗하게.

부진 … 네. 알겠습니다. (나가려 한다)

웅기 (급히 부진을 잡는다) 아니. 뭘 벌써부터 깨끗하게 포기하고 그래요. 음악 할 때 제일 중요한 게 끈기예요, 끈기. 아줌마, 끈기가 부족하네.

부진 저, 아줌마 아니거든요.

웅기 알았어요, 알았어. 근데 여기 학원 만들고 나서 헤비메탈 배우겠다고 찾아온 사람은 처음이라… 좀 당황해서… 헤비메탈. 좋다. 헤비메탈. 가르쳐드릴게.

부진 정말요?

웅기 근데 조건이 하나 있는데.

부진 조건요?

웅기 보통은 3개월이 악기를 배우는데 기본 코슨데. 그 3개월을 속성으로 한 달 안에 해야 하는 거니까 한 달이 사실은 3개월하고 같은 거거든요. 그러니까 한 달 배운다고 해서 한 달 수강료를 내는 게 아니라 3개월 수강료를 내야 하는데 내 말 무슨 말인지 이해되죠?

부진 3개월 치 수강료를 내란 말이죠, 한 달 배워도.

웅기 하하. 이해력이 빠르시네요. 이거 음악 할 때 중요해요, 이해력. 한 달 수강료가 30만 원씩이니까, 3개월이면 90만 원. 여기서 우린 5% 할인 해주거든요, 현금으로 내면. 착하죠. 그러면 85만 5천 원에 연습할 때 이것저것 물품들 구입하면 4만원 추가되고 그러면 총 89만 5천 원. 여기서 5천원 퉁 치면. 89만 원. 저렴하네.

부진 좋아요. 89만 원. 지금 다 낼게요. 일시불로. (카드를 꺼내는)

웅기 카드는 안 되는데, 여긴.

부진 그럼 은행 가서 현금 찾아올게요. (나가려는)

웅기 아니. 아니. 가지 말고. 그럼 이렇게 하죠. 지금 가지고 있는 현금 있죠? 그 현금만 우선 내고, 나머진 내일 다 내고. 어때요?

부진 좋아요. (지갑에서 현금을 꺼내 센다) 3만 원밖에 없는데요.

웅기 3만 원… 뭐 그렇게 현금을 안 갖고 다니시나. (고민하다 받고) 그럼 나머지 금액은 조금 있다가 은행가서 뽑아오세요.

부진 그럴게요.

웅기 (장부에 기록을 하고 나서 손을 내밀어 악수를 청한다) 우리 '승범 웅기음악 학원' 에 등록하신 걸 진심으로 축하합니다. 열심히 같이 잘 해봐요.

웅기가 드럼 스틱 두 개를 가지고 와서 부진에게 건네준다.

웅기 헤비메탈을 하기 위해선. 첫 번째. 자. 한 번 쳐봐요. 칠 줄 알아요?

부진 아뇨.

웅기 그럼 그냥 꼭 쥐고만 있어요.

부진 왜 꼭 쥐고 있어야 하는데요.

웅기 음악 하려면 악기하고 친해져야죠. (드럼 스틱을 가리키며) 악기. 악기와 친해지세요.

부진	아.
웅기	드럼을 배우기 위해 제일 중요한 게 스틱을 잡는 법인데, 스틱을 잡는 방법 중에 가장 중요한 게 뭘 것 같아요?
부진	뭔데요?
웅기	떨어뜨리지 않는 거.
부진	아. 떨어뜨리지 않는 거.
웅기	절대 떨어뜨리면 안돼요.
부진	네. 안 떨어뜨릴게요. 근데 언제까지 이러고 있어야 하나요?
웅기	30분. 아. 그리고 헤비메탈 배우려면 그룹을 만들어야 하는데 몇 사람 더 있어야 해서, 수강생이 더 올 때까지는 이렇게 악기와 친해지면서 한 몸이 되는 연습부터 해보죠.
부진	조금 있다 3명 더 올 거예요. 회사 선배 언니들하고 같이 배우기로 했거든요.
웅기	3명 더요?
부진	네.
웅기	다들 헤비메탈?
부진	네.
웅기	진작 얘길 하지. 그럼 10% 할인해줬을 텐데. 드럼 스틱도 공짜! 2만 원짜리 헤비메탈 티셔츠 무료증정인데!

부진은 스틱을 꽉 쥐고 있는, 쭉 뻗은 자신의 두 팔을 바라본다.

| 부진 | (내레이션) 두껍다… 오늘 선배언니들과 퇴근 후에 이곳에서 모이기로 했습니다. 저는 오늘 회사에 안 갔습니다. 아침에 술병이 났거든요. 언니들은 아마 오부장님 눈치를 보느라 퇴근을 못 하고 있나봅니다. 어제의 올나이트 술자리가 무리였던 겁니다. 회사에 3시간이나 지각을 하게 만들었거든요. |

앞으로 한 달.

우리가 여기 모이기로 한 건, 악기를 배우기 위한 것보다는 뭔가 헤비메탈스러운 그럴듯한 분위기를 배우기 위해섭니다. 저는 드럼을 쳐 본 적이 없어요. 이렇게 팔뚝이 두껍다, 라는 이유만으로 드럼스틱을 쥐고 있는 나. 헤비메탈 밴드의 드러머는 어떻게 드럼을 쳐야하는 걸까요.

(허공에 드럼을 치는 시늉)

그때 주영과 은주, 정민이 퇴근을 하고 음악 학원 연습실로 들어온다.
그들은 모두 좀 불쾌한 표정들이다.

주영   아. 기분 나빠. 아니 사람을 왜 놀래키고 그래. 애 떨어지는 줄 알았네.

은주   근데 좀 정신 나간 사람 같지 않았어? 전단지 안 받는다고 계속 따라오면 어쩌겠다는 거야. 경찰에 신고할 걸 그랬나.

정민   전단지 좀 받아주지. 불쌍하잖냐.

주영   무서운데 그걸 어떻게 받냐.

은주   그래도 넌 너무 티 나게 피하더라.

주영   (배를 만지며) 난 지금 모성본능 만땅인 상태라, 위험하다는 신호가 오면 다리가 본능적으로 움직여.

그녀들은 들어오다 웅기를 만난다.
웅기를 보고 깜짝 놀라는 그녀들. 주영이 본능적으로 심하게 피한다.
주영이 피한 쪽에서 승범이 들어온다.

주영   깜짝이야. 뭐 이런 데가 있어.

승범	(성큼성큼 정민 쪽으로)
정민	아니 왜들 이래. 이상한 사람들이야.

승범이 정민과 은주에게 전단지를 내민다.
정민과 은주는 전단지를 마지못해 받는다.
승범이 멀리 피해있는 주영에게도 전단지를 내민다.
주영 받지 않고 버티면, 승범이 주영의 배를 향해 (마치 뱃속의 애기한테 내밀듯) 더 적극적으로 전단지를 내민다.

주영	왜 뱃속의 애한테 전단지를 내밀고 그래요?
웅기	(다가와 말리며) 야 임마, 조기교육으로는 좀 이르지.

테이블 쪽으로 와서 소파에 앉는 승범.
승범은 자기가 사온 맥주를 따서 마신다.
웅기가 달려가 맥주를 빼앗으려고 한다.
둘은 힘겨루기를 한다.
웅기가 안간힘을 써서 맥주를 빼앗으려고 하지만 그 힘을 버텨내며
맥주를 끝까지 다 마셔버리는 승범.
웅기 얼굴에 맥주 트림까지 한다.
빈 캔을 웅기에게 주는 승범.
웅기가 맥주캔을 꽉 밟아버린다.

승범이 그녀들을 확, 째려본다. 겁을 먹는 그녀들.
승범이 주머니에서 소주병을 꺼낸다.
소주를 컵에 따라서 마신다.

| 웅기 | 이쪽은 왕년에 헤비메탈 밴드에서 활약했던 드러머, 이승범 |

선생님.

승범선생님, 인사하시죠. 이번에 새로 들어온 회원분들이셔.

승범   (그녀들을 바라본다) **삑~ (Fuck)**

웅기   하하. 반갑다는 인사예요. 하하. 이쪽엔 이제 신경 안 쓰셔도 되고. 회사 선배 언니분들이시죠?

부진   네.

웅기   다들 미인들이시네요. 미인들한테 옥수수수염차가 좋다고 하던데. 한 잔씩 대접해도 될까요?

차 한 잔씩 마시면서 생각들 해보세요, 누가 보컬을 하고 누가 어떤 악기를 연주할지.

그녀들   (웅기만 바라보며 서 있다)

웅기   자자. 너무 어려워하실 필요 없구요. 그럼 오늘은 간단하게 포지션을 정하는 걸로 수업을 시작해볼까요. 하고 싶은 포지션 있는 사람?

그녀들   …

주영   저희가 한 달 안에 헤비메탈을 배워야 하는데. 악기는 됐고, 헤비메탈 밴드처럼 강렬하게 보이기만 하면 되거든요.

웅기   강렬하게… 옥수수수염차부터 좀 드세요. 강렬하게라…

정민   좀 많이 강렬했으면 하는데. 뇌리에 강력하게 팍 꽂히게.

웅기   그러니까 비주얼이 중요한 거네요, 연주실력 보다는. 내가 잘 이해한 거 맞죠?

승범   **삑~**

웅기   에헤. 놀랬잖아.

주영   한 달 안에 어떻게든 뭔가 강렬하게 보여야 하는데…

정민   헤비메탈 하는 사람들 보면 무대에서 짐승처럼 돌아다니잖아요, 그런 것도 필요하구요.

은주   막 으르렁대고 어디 아픈 사람처럼 앓는 소리도 내고 그러던데, 그런 것도 했으면 좋겠어요.

웅기   아… 짐승… 으르렁… 앓는 소리라… 그럼 욕도 좀 배워야 되고, 워킹도 좀 연습해야겠네요.

그녀들   (고개를 끄덕이는)

웅기   근데 조건이 있는데, 그거 다 배우려면.

그녀들   …

주영   조건요?

웅기   보통은 3개월이 악기를 배우는데 기본 코슨데, 그 3개월을 속성으로 한 달 안에 해야 하는 거니까 한 달이 사실은 3개월하고 같은 거거든요. 그러니까 한 달 배운다고 해서 한 달 수강료를 내는 게 아니라 3개월 수강료를 내야 하는데 내 말 무슨 말인지 이해되죠?

정민   3개월 치 수강료를 내란 말이네, 한 달 배워도. 이거 완전 우리를 물로 보네. 막내야, 이 남자들이 너한테도 물먹였지.

부진   저… 옥수수수염차 먹었는데요.

은주   그냥 가자. 너무 비싸.

웅기   대신 3개월 치 수강료 내시면 십 프로 디씨에 5만원짜리 해골 그려진 티셔츠가 공짜구요, 문신, 피어싱 할 때마다 30% 디씨.

은주   우린 문신, 피어싱 그런 거 안 해요. 요즘 스티커 문신이 얼마나 리얼한데요. 그리고 몸에 구멍 안 뚫어도 큐빅볼 같은 거 붙이면 피어싱보다 더 이뻐요. 우리 선생님들, 진짜로 우릴 물로 보셨나보다.

정민   좀 더 디씨 안 되나.

웅기   십오 프로.

주영   이십오 프로.

은주   사십 프로

부진   사십삼 프로…?

정민 오십오 프로!

웅기 와 진짜 독한 아줌마들이네. 양심이 없어, 양심이. 오십오 프로가 뭐야, 오십오 프로가. 가요, 가. 아무리 그래도 반띵은 너무 하잖아. 장난해?

주영 삼십오 프로. 아니면 등록 취소.

웅기 (황당하다는 듯 쳐다보는. 그러다) 누가 대한민국 아줌마들 아니랄까봐, 어디가나 이 반띵 정신. … 알았어요, 알았어. 다들 이쪽으로 와서 수강카드나 쓰세요.

그녀들, 웅기가 건네준 수강카드를 작성한다.

웅기 여기, 전화번호 확실하게 적고. 좋아요.
오늘은 우선 보컬을 정해야 하는데, 보컬, 누가 할 건가요? …
네 분 중에 노래 제일 잘하는 분?

그녀들 아무도 손을 들지 않는다.
그녀들 주영을 바라본다.

정민 얘요. 얘가 노래 제일 잘해요.

웅기 (주영을 쳐다보고 한숨) 임산부는 됐고. 뒤로 빠져 계세요. 태교에도 안 좋으니까.

정민 (은주를 밀어내며) 얘도 노래 잘해요.

웅기 나와 보세요.

은주 저요?

웅기 그럼 거기 말고 거기 또 누가 있어요?

은주 전 헤비메탈 완전 싫어하는데.

승범 (술 트림 소리)

웅기   승범아, 너 들어가서 술 마셔라. 아니면 트림할 땐 좀 손으로 가리고서 하든가, 소리 작게 나게.

승범은 그 자세 그대로 움직이지 않고 술만 마신다. 폼나게.
완전 카리스마 술꾼이다.

웅기   아는 노래 있으면 해봐요.

은주, 교회의 찬송가를 부른다. 잘 부른다.

은주   (노래)
　　♪ 내 주를 가까이 하게 함은 십자가 짐 같은 고생이나 내 일생 소원은 늘 찬송 하면서 주께 더 나가기 원합니다… ♬

웅기   그만. 됐고. 아줌마, 찬송가랑 헤비메탈은 친해지기가 굉장히 힘든 장르에요. 이건 정신적으로 기본이 다르거든. 교회에선 욕 못하게 하잖아. 그런데 헤비메탈은 밴드 전원이 모두 욕을 잘해야 되요. 욕! 욕은 헤비메탈의 정신이며 기본이야.

은주   욕이요?

웅기   네. 욕이요. 지금부터 욕을 조금 해볼 거예요. 욕 트레이닝.

정민   평소에도 많이 하는 욕을 뭐 하러 여기까지 와서 해요.

웅기   그 욕하고 이 욕은 달라요.

부진   저는 평생 욕해본 적이 없는데요.

웅기   앞으로는 많이 하게 될 거예요.

주영   어떤 욕을 연습해야 되는데요?

웅기   일명 짐승의 발성이라고 하는데. 그 발성에는 대표적으로 두 가지가 있어요. 그로울링 하고 샤우팅. 승범아, 해봐.

승범   (그녀들을 보다가) **뺙~**

웅기	다들 잘 들었죠. 이게 그로울링. 이번엔 샤우팅.
승범	(샤우팅으로) **뻐억~** .
웅기	이렇게 하는 거예요. 이거 못하면 헤비메탈 못 해. 한 사람씩 해봐요.
부진	뻐어~
은주	뻑
정민	뻐버억
주영	뻐어억.
웅기	아니지. 뻐버~ 아니라 FUCK~~~
주영	뻐어억.
웅기	FUCK~~
부진	뻐억.
정민	뻐어억.
은주	뻐억.
웅기	아니, 이래가지고 헤비메탈을 어떻게 하겠다는 거야. 평소에 욕 안 해요?진심을 담아서, 내장 깊은 곳에서 박박 끄집어 올려서, FUCK~~ 상대의 영혼을 짓밟아버릴 듯이 뻐어어어어어억~~~
주영	뻐어억~~
부진	뻑~~~~
은주	뻐억~~
정민	(하려는데)
웅기	됐어. 됐어. 그만.

그녀들은 머리가 어질어질 하고 속도 미식 거린다.
은주는 소파에 주저앉는다.
부진 헛구역질 한다.

웅기	그럼 한국 욕으로 해보면 좀 낫겠죠, 씨바~
그녀들	…
웅기	한국 욕 몰라요? 씨바. 자 모두 따라해 봐요. 씨~바~
부진	씨바.
웅기	아니지. 씨~바~
은주	씨바.
웅기	끌어 올리라구. 내장에서 꽉꽉. 끌어올려. 머리가 깨질 때까지. 토가 쏠릴때까지.
정민	씨이바아.
웅기	아니구. 씨바아아아아~~~~~
주영	씨바아아~~
웅기	조금 비슷했는데, 약해. 약해. 승범아!
승범	(술 마시다가) 씨바아아아아아아아아~~~
웅기	들었죠. 저렇게 내장에서 폭발하듯이 나와야 되는 거야. 조까치이이~~
그녀들	…
웅기	왜들 안 해.
은주	조까치는 좀 그런데.
웅기	조까치가 뭐 어때서요. 이거 괜찮은 욕이에요. 다들 따라 해봐요. 조까치~
부진	조까치.
웅기	잘하시네. 평소에 하던 대로만 하면 돼요. 평소에 욕 안 해요. 다 하잖아. 씨바 닭똥 같은 엿 같은 개씹장생 개또라이 니미럴 쪼또 이 조까치들아~
정민	적어. 적어.
부진	(열심히 적는다)

웅기   뭘 그런 걸 적어요. 욕을 외워서 하나. 욕은 외우는 게 아냐. 그냥 머릿속에서 튀어나오는 대로 막 내지르란 말이야. 욕을 계산하고 하면 욕에 대한 예의가 아니지. 마음이 시키는 대로 진심을 담아서, 그냥 발포해!

은주   (아주 리얼하게 욕을 한다)

웅기   (약간 움찔) 잘하네. 근데 좀 약해.

정민   (아주 리얼하게 욕을 한다)

웅기   (약간 움찔) 좋았어. 근데 쪼끔 기분 나쁘게 템포가 늦네.

부진   (아주 리얼하게)

웅기   어 좋은데. 잘했어요.

부진   (욕을 잘해서 좋아한다) 아싸.

웅기   거기 임산부도 한 번 해봐요.

주영   (망설이는) 태교에 안 좋을 텐데.

웅기   해봐요. 애도 다 이런 세상에 나와서 살아야 되는데, 조기교육 하는 셈 치고.

주영   (욕을 리얼하게 해서 웅기가 완전 겁먹는다)
         …씨바 닭똥 같은 개씹장생 니미럴 쪼또 좆을 확 발라먹을 새끼들아~~

승범이 술을 마시다 사래가 들린다. 켁켁켁.
잔뜩 쫀 웅기.

웅기   좋아. 좋아. 좋았어. 주영씨가 보컬해. 아주 잘하네. 목청도 크고. 욕은 그렇게 해야 제 맛이지. 그런 심정으로 욕을 하면 되는 거야. 그럼 다시 돌아가서.
         뻐 뻐 뻐 뻐 뻐 뻐 뻐 뻐 뻐 뻑유~

그녀들 뻐 뻐 뻐 뻐 뻐 뻐 뻐 뻐 뻐 뻑유~

웅기　뻐 뻐 뻐 뻐 뻐 뻐 뻐 뻐 뻐 뻑유~

그녀들　뻐 뻐 뻐 뻐 뻐 뻐 뻐 뻐 뻐 뻑유~

웅기　각자 3회씩 실시.

그녀들　뻐 뻐 뻐 뻐 뻐 뻐 뻐 뻐 뻐 뻑유~

웅기　(박수를 치며) 수고했어요. 오늘 연습 여기서 끝. 내일부터 30
　　　분마다 세 번씩, FUCK~하고 외치세요. 30분마다 꾸준하게
　　　연습해야지 목이 안 망가져요.

은주　근데요 선생님, 꼭 30분마다 맞춰서 해야 되나요. 그냥 한꺼
　　　번에 몰아서 하면 안 되나요?

웅기　안돼요. 그러면 목이 다 나가. 목구멍 망가져요. 매일 꾸준하
　　　게 연습하기. 알았죠?

그녀들　네.

웅기　진짜, 수업 여기서 끝. 자, 수강료. 현금으로만. 카드 안 받고.

정민 · 은주　카드밖에 없는데.

주영　수표도 되요?

웅기　수표? 오케이. 잔돈은 잠깐만. 은행에서 바꿔올 테니까. 거기
　　　둘도 같이 가요, 은행에. 돈 뽑아야지? 승범아 나 잠깐 나갔다
　　　온다.

　　　웅기와 정민, 은주, 부진이 함께 나간다.
　　　주영이 연습을 한다.
　　　하지만 영 어색하기만 한 뻐뻐뻐뻐뻐뻐 뻑유~
　　　승범이 주영의 연습을 듣다못해 벌떡 일어난다.

승범　개 소리 몰라.

주영　또 왜 이래요, 애 놀래게.

승범　개 소리 내가 한 번 들려줄게.

주영　무슨 소리요? 강아지 소리?

승범　그래. 강아지. 개. <u>으으으으으</u> 멍멍멍멍. <u>으으으으으</u> 멍멍멍
멍.

주영　뭐하는 거예요?

승범　개 소리를 내야지. <u>으으으으으윽</u>. 이게 그로울링. 멍멍멍멍멍. 이
게 샤우팅.헤비메탈은 개소리만 잘 내면 돼.
내가 가장 싫어하는 사람이 내 앞을 지나간다. 상상해. 나는
개다. 나는 사나운 개다. 상상해. 상상해.

주영　(상상) 내가 가장 싫어하는 사람이 내 앞을 지나간다.

승범　내가 가장 싫어하는 사람이 바로 내 코앞에 있다.

주영　내가 가장 싫어하는 사람이 바로 내 코앞에 있다.

승범　짖어! 짖어!

그녀, 가장 싫어하는 사람을 상상했는지 짖기 시작한다.

주영　멍멍멍… 나, 이거 못하겠어. 이상해.

승범　집중. 너를 괴롭히는 놈들이 떼거지로 몰려온다. 싸워! 싸워!

주영　멍멍멍멍멍.

승범　아아. 아직 개가 되려면 멀었어. 집에서 연습해와.

앉아서 다시 술을 마시는 승범.

부진　(내레이션) 우린 회사에서도 밥 먹을 때도 출퇴근길에서도 잠
들기 전에도, 그리고 화장실에서조차 30분마다 FUCK~을 외
쳤습니다.
뻐 뻐 뻐 뻐 뻐 뻐 뻐 뻐 뻑유~~~

다들 우리를 이상하게 쳐다봤고, 회사에서는 우리가 급기야 짤리는 스트레스 때문에 이상해졌다는 소문이 돌았습니다. 차부장님은 퇴직서를 작성하고 회사를 떠났습니다. 이제 우리를 지켜줄 사람은 아무도 없습니다. 다들 경쟁자들뿐입니다. 우리보다 어리고 파릇파릇하고 똑똑하고 젊고 싱싱한 후배들이 너무 무섭습니다. 우리를 퇴물취급하고 우리를 없는 사람 취급하는 남자 상사들이 너무 무섭습니다. 뻐뻐뻐뻐뻐 뻐뻐 뻑유~~

회사 화장실에 앉아있는 정민. 변비다.
화장실 안에서 뻐뻐뻐뻐뻐뻐뻐 뻑유~~를 외치는 정민.
옆에서 볼일 보던 젊은 신입이 깜짝 놀라… 옆으로 쓰러진다.

회사 엘리베이터 안에 있는 은주. 핸드폰을 받으며 계속 죄송하다는 말을 연발하고 있다. 결재 서류를 들고 진땀을 흘리고 있는 은주.
핸드폰을 끊고 나서 CCTV를 보고, 뻐뻐뻐뻐뻐뻐뻐 뻑유~~를 외친다.

주영은 배에 통증이 왔는지 회사 휴게실 의자에 앉아 호흡을 가다듬고 있다.
뻐뻐뻐뻐뻐뻐뻐뻐뻐억, 뻐뻐뻐뻐뻐뻐뻐뻐뻐억, 이렇게 호흡을 하며 통증을 조절하는 주영.
그 모습을 보고 회사원들이 기겁을 한다.

부진 (내레이션) 우린 매일 30분마다 한 번씩 성실하게 욕연습을 했습니다.
욕연습은 생각보다 훨씬 재밌고 마음을 후련하게 해줬습니다.

개씨발능구렁이담넘어가다뒤집어져급사할빌어먹을개호구새
끼들아~
1주일 후, 우린 다시 연습실로 향했습니다.

3장

다들 목이 쉬어 있다.
목 쉰 상태로 노래 가사를 외우며 연습하는 그녀들.

주영   This is for one who lives for hardcore

this is not for vermin

그녀들   mother fucker

주영   looser

그녀들   mother fucker

주영   trash

그녀들   mother fucker

주영   suck your fuckin' small dick!

그녀들   *fuck you!*

그녀들은 헤비메탈 티셔츠를 입고 있다.

웅기   자. 목구멍 트레이닝은 여기까지. 이제부터 헤비메탈 포즈를 배울 거니까 잘 따라해 보세요.
승범, 앞으로.

승범이 앞으로 나온다.

웅기   워킹. 시작.

승범이 고릴라 걸음으로 걸어갔다가 다시 돌아온다.

웅기   자자. 다들 워킹 봤죠. 이렇게 하는 거예요. 시작.

그녀들, 워킹을 한다.

웅기   아니지. 고릴라처럼. 짐승처럼. 걸어야지. 표범처럼. 호랑이
처럼. 사자처럼.
승범아, 다시 한 번.

승범이 걷는다.

웅기   이렇게 걸어야지. 다들 다시 한 번. 준비 됐지. 액션.

그녀들, 어설프게 걷는다.

웅기   그만 그만. 정지. 정지. 슬로우로 보여줄 테니까, 잘봐요들.
승범 앞으로.

승범, 앞으로 나온다.

웅기   (손뼉을 치며) 하나 둘 셋 넷.

승범이 웅기의 구령에 맞춰 천천히 표정을 바꿔가며 한 발자국씩 걷
는다.

웅기   스피커에 다리 올리고, 다리를 떨고, 머리 한 번 쓸어 넘겨주

고, 그 반동으로 뒤돌아서 다시, 하나 둘 셋 넷, 그렇지.
다들 봤지. 이렇게 하는 겁니다. 다들 준비.

그녀들, 웅기의 손뼉과 목소리에 맞춰 걷는다. 하지만 여전히 더욱
이상하다.

웅기   아아. 꼴사납네. 못 봐주겠다! 애들 장난해. 아줌마들이 뭐 소
녀시대야. 좀 더 과격하게 짐승처럼 걸어야지.

은주   나 짐승처럼 하기 싫은데요.

웅기   헤비메탈을 하려면 짐승이 돼야 돼. 야생. 애니멀. 호랑이 어
떻게 걸어? 사자 어떻게 걸어?

부진   어슬렁요?

웅기   그래. 어슬렁. 어슬렁. 이게 키포인트라고. 어슬렁거리는 거.
그런데 어떻게 어슬렁거려?

은주   건방지게. 자신감 넘치게. 오만하게.

웅기   왜 그런지 알아. 정글의 왕 호랑이기 때문이야. 밀림의 왕 사
자기 때문에.
다시 해봐. 왕처럼. (은주를 가리키며) 거기부터 다시 해봐요.

은주   (어슬렁 걸어본다)

웅기   좋아. 여기에서 호랑이 소리내봐. 호랑이 소리내봐.

은주   으아아아앙~ 으아아아아앙~ 으앙앙아아~

웅기   좋았어. 그거야. 그렇게 해야지.
다음. (정민을 본다) 액션.

정민   (걷는다. 어설프다)

웅기   어슬렁. 어슬렁. 호랑이 소리 내라니까. 울부짖어.

정민   으으으으흥 으으으으흥 아아흥. (정말 리얼하다)

웅기   그거 개 소리지. 호랑이 소리!

정민	와아아아아아흥. 와아아아아흥~
웅기	눈 봐라. 호랑이 소리 내면서 눈이 동태눈이잖아. 다들 냉동실에 들어갔다 나오셨나. 죽은 생선눈은 치우고. 자 봐. 내 눈. 자 봐. 다들 모여. 너두 봐. 이리 와서 봐. 다들 봐. 내 눈. 봤어? 이게 타이거의 눈빛이야.
부진	잘 모르겠는데요, 타이거의 눈빛.
웅기	다들 다시 봐봐. 자, 봐. 이게 호랑이 눈이라는 거야. 살기. 가까이 오기만 해도 소름 돋지? 살이 덜덜 덜리고 숨이 턱 막히고 죽을 것 같지. 이 사람이 날 해칠 것 같다, 날 죽일 것 같다, 그런 눈이어야 한다고.
부진	사람 죽일 것 같은 눈은 아닌데.
웅기	됐고. 해봐. 눈에 힘주고. 호랑이 눈. (부진의 눈을 보며) 나 봐봐. 눈 깜빡이지마. 1·2·3·4 통과. (정민에게 다가간다) 봐봐. 1·2·3·4 통과. (주영에게 다가간다) 봐봐. 1·2·3 (째려보는, 순간 상대의 눈빛이 흔들린다) 불합격. (은주에게 다가간다) 봐봐. (째려보는, 순간 상대의 눈빛이 흔들린다) 불합격. 불합격 한 사람은 저기 가서 줄넘기 30분. 훌라후프 목으로 백번. 주영 씨는 임신했으니까, 저쪽 구석으로 가서 뻑~열 번. 좋아. 이제 세상을 봐. 저 앞에 너만을 바라보는 십만 관중이 있어. 10만 관중이 너만을 보고 있는 거야. 자, 눈빛 하나만으로 버텨!

다들 십만 관중의 강력한 에너지를 눈빛 하나로 견뎌 내려고 한다.

웅기	눈 깜빡이지 말란 말이야!
정민	어떻게 눈을 안 깜빡거려요!
주영	버텨야 산다. 난 부릅뜬다. 감지 않는다!

은주   아, 눈 아퍼, 눈물이…

부진   (재채기할 듯 말 듯한 표정. 특이하다. 다들 부진을 본다. 재채기를 한다. 그 바람에 모두 눈을 깜박인다)

웅기   됐고. 다음. 다음 동작으로 넘어가겠어.
보컬 자세. 일명 서서 똥 싸는 자세라고 해.
승범 앞으로.

승범이 마이크를 두 손으로 꽉 잡고 똥 싸는 자세를 취한다.

웅기   자 봤지. 이렇게 서서 7분 동안 노래만 부르는 거야. 절대 움직이면 안 돼. 움직이면 카리스마가 깨지거든. 이 자세로 계속 그대로 노래를 불러야 포스가 나오는 거야. 각자 포스 연습.

그녀들, 따라 해본다.

웅기   허리 펴고. 다리 구부리고. 움직이지 말고. 손동작 봐라. 마이크 두 손으로 꽉 쥐고. 악마 같은 표정. 이빨 드러내야 한다고 몇 번이나 말해. 이빨 드러내. 으르렁 거려. 눈 뜨고 세상과 맞짱 떠. 무섭지 않다, 덤벼봐라, 그런 표정으로 세상을 봐야지. 허공을 보는 게 아니라, 세상을 봐야지.
그 자세로 노래가사 연습한 거 실시한다.

그녀들   (각자 노래) This is for one who lives for hardcore…

어설프기만 한 그녀들의 모습. 보컬 포즈로 서 있는 게 힘든지 다리가 부들부들 떨리는 그녀들.

웅기   5분간 휴식.

그녀들   휴우~

그녀들, 바닥에 주저앉는다,

웅기   휴식을 취하면서 잘 듣도록. 이제부터 가장 중요한 것을 배울 건데, 바로 헤드뱅잉이야. 헤비메탈에서 헤드뱅잉은 마이크, 기타, 베이스, 드럼, 다음으로 중요한 부분이야. 뗄래야 뗄 수 없는, 핵심이라고 말할 수 있지. 얼마만큼 머리를 잘 흔들고 회전시키느냐, 거기에 따라 헤비메탈 파워의 진수를 보여줄 수 있다고나 할까.
승범, 앞으로.

승범이 앞으로 나온다.

웅기   헤드뱅잉의 진수를 보여줘라.

승범   (헤드뱅잉을 하기 시작한다)

웅기   (승범 옆에 가서 헤드뱅잉을 같이 한다)

승범과 웅기의 광적인 헤드뱅잉에 놀라는 그녀들, 휘둥그레진 눈으로 본다.

웅기   자. 이제 헤드뱅잉을 어떻게 하는지 봤으니까, 한 번 해보자고. 다들 일어나고. 준비 됐지.

은주   아직 5분 안됐는데

웅기   5분 넘었거든! 다들 일어나.

정민   쉬자 좀. 5분 안 됐어.

주영	아. 배. 아 배. 배가. 배가.

주영   아. 배. 아 배. 배가. 배가.

웅기   주영 씨는 열외. 음악 큐. 헤드뱅잉 준비…액션!

그녀들   (헤드뱅잉을 하지만 어색하고 파워풀하지 않다. 그녀들은 곧 어지러워서 바닥에 주저앉는다) 아아. 으악. 내 목. (헛구역질) 으엑.

주영   (조금 떨어져서 여유 있게 구경하며, 재미삼아 헤드뱅잉을 따라한다) 꺼억. 보기만 해도 속이 미식거리네.

정민   이거 하다 목 떨어져 나가겠다.

은주   선생님, 목이 안 움직여요. 디스큰가봐. 어떡해.

부진   내 목. 아악~

웅기   엄살 그만! (부진에게) 이리와 봐요. (헤드뱅잉을 해보이며) 왜 이게 안 되실까. 다시 해봐봐요. 머리를 흔들라고. 흔들어야지. 그게 흔드는 겁니까. 답답하네. 나 봐봐요. (머리를 위 아래로 흔들며) 이렇게. 이렇게. 한 번 앞으로 갔지, 그러면 다시 뒤로 스무스하게 머리를 빼라고.

부진   (헤드뱅잉을 해보이며) 이렇게요.

웅기   주영 씨가 해봐요.

주영   난 배가 이래서. 정민아, 니가 해봐.

정민   아니, 왜 나한테 그래. (갑자기 목을 움켜쥐고) 어라? 목이 안 돌아가. 마비인가봐.

웅기   (한숨) 됐고. 당신!

은주   저요? 전 원래 목디스크가 있어서. (갑자기 손을 주무르며) 아야. 디스크가 신경을 눌러서 손끝까지 저려.

웅기   자자 엄살 그만 떨고. 다 같이 해봅시다.

그녀들   (소극적으로 헤드뱅잉)

웅기   지금 빨래해. 빨래방망이야? 냇가에서 나란히 빨래하냐구. 머리는 왜 흔들고 있는 거야? 부진 씨, 머리는 왜 흔들고 있는 거라고 생각해?

부진   리듬을 타기 위해서.

웅기   아하. 아니지. 날 건들지마. 나는 사자야. 나는 호랑이야. 나는 너보다 강해. 날 건들면 널 갈기갈기 이빨로 물어뜯어서 죽여 버릴 거야. 그런 걸 전달하기 위해 머리 흔드는 거야. 그런 생각이 없으니까 헤드뱅잉에 강력함이 안 생기는 거지. 다시 해봐, 다들.

부진은 헤드배잉을 하다가 엑! 소리를 지르며 바닥에 주저앉는다.

부진   (목을 부여잡고) 목. 목. 목.

웅기   승범아, 목 보호대!

승범이 목 보호대를 가져다 부진의 목에 채워준다.

웅기   자. 자. 음악에 맞춰 헤드뱅잉 하는 거야. 헤비메탈 음악은 호랑이 음악이야. 어슬렁거리다 상대를 만났다. 헤드뱅잉~ 어슬렁거리다 상대를 만났다, 헤드뱅잉. 헤드뱅잉. 헤드뱅잉. 헤드뱅잉으로 다 죽여 버리는 거야~

부진   근데, 뭘 죽여야 하는데요?

웅기   그냥 다 죽여 버려. 세상에 너를 나를 괴롭히는 것들. 나를 무시하는 것들. 하이에나 알지? 하이에나. 짐승의 썩은 고기만을 찾아서 어슬렁거리는 그런 눈빛으로 세상을 봐야해. 난 굶주려있으니까 날 건드렸단 봐라. 다 물어뜯어 죽여 버리겠다. 너를 잡아먹을 거야~ 알았지.
         자. 따라해. 널 잡아먹겠다.

그녀들   널 잡아먹겠다~

웅기   널 잡아먹을 거야. 널 잡아먹겠어. 널 뜯어먹고 말거야. 널 뜯어 먹을 거야.

그녀들　널 잡아먹을 거야. 널 잡아먹겠어. 널 뜯어먹고 말 거야. 널 뜯어 먹을 거야.

웅기　뭔가 빠져 있잖아. 오만함. 절대적인 건방짐. 10만 관중을 다 잡아 먹을 것 같은 자신감. 다들 아직 마음의 준비가 안 됐어. 팔굽혀 펴기 100회 실시.

그녀들, 팔굽혀 펴기를 한다.
주영은 벽을 두 손으로 짚고 팔굽혀 펴기를 한다.
그녀들 팔굽혀 펴기를 하다가 바닥에 쓰러져버린다.

은주　더 이상 못하겠어. 더 이상은 못해.

정민　도대체 이게 음악을 배우는 거야 격투기를 배우는 거야, 뭐 야, 이게.

은주　이렇게까지 꼭 헤비메탈 배워야 돼? 헤비메탈 배우기 전에 우 리가 먼저 쓰러지겠다.

부진　언니, 저 목이 안 움직여요. 어떡해요.

정민　(뼈를 맞추듯 부진의 목을 획 돌려준다)

웅기　기상. 기상.

그녀들, 일어난다.
주영은 벽에 기댄 채 웅기를 바라본다.

주영　숨차요. 배. 배.

웅기　열외!

주영　콜!

웅기　자. 모두 기타를 가지고 집합. 부진 씨는 드럼스틱.

이제, 최대한 움직이지 않는 상태로 기타를 치면서 헤드뱅잉을 하는 거야.

정민　움직이지 않으면서 기타를 치면서 어떻게 헤드뱅잉을 해?

은주　선생님 전 기타 못 치는데요?

웅기　못 쳐도 되니까 폼만 잡으란 말야. 메탈은 폼이 중요해.

주영　기타 안 메고도 폼 나는 방법 없을까요?

웅기　기타를 어깨에 들쳐 메 봐.

주영　(들쳐 메 보려 노력한다)

정민　난 두 가지 이상 한꺼번에 하면 뇌가 엉키는데.

웅기　마음 약한 소리 하지 말고. 너희들은 지옥에서 온 악마라고 생각하란 말야. 너희들은 악마야. 악마는 다 할 수 있어. 악마는 다 할 수 있다는 확신이 있어야 악마가 될 수 있는 거야.
(정민을 보는) 날 봐. 악마가 나하고 눈도 못 마주치면 되겠어. 내 눈 똑바로 보란 말이야.
승범 앞으로. 둘은 30분 동안 눈만 보고 있는다. 누가 이기나 볼 거야.

승범과 정민은 서로를 본다.
정민 안절부절 못한다.

웅기　니들은 악마야. 악마는 약해지고 싶어도 약해지질 않아. 왜냐구. 원래 나쁜 놈이니까. 원래 나쁜 놈은 안 지쳐. 계속 나쁜 짓을 하거든. 원래가 그렇게 타고났거든. 그러니까, 자기 자신이 악마라는 걸 의심하지 않는단 말이지. 불친절해야. 니들은 무질서야. 니들은 아무데서나 섹스해도 되고, 아무데서나 오줌 싸도 되고, 아무데서나 똥 싸도 되고 아무데서나 막 욕해도 돼.

그녀들, 웅기를 어이없다는 듯 쳐다본다.

웅기   아무데서나 오줌 싸고 똥 싸는 건 취소.

그녀들은 기타와 드럼스틱을 들고 연주를 하며 헤드뱅잉을 연습한다.

웅기   이것도 마찬가지. 이것도 한 번에 벼락치기 하면 안 돼. 목, 어깨, 허리 다 나가. 다 망가지니까. 매일 꾸준하게 해야 해. 생각이 났다 싶으면 하면 돼. 그리고 앞으로는 머리를 기르도록!

웅기는 그녀들에게 스티커 문신을 하나씩 나눠준다.

웅기   스티커 문신인데 내일부터는 팔과 목에 문신 붙여서 연습한다. 스티커 문신은 장당 5천원. 총 다섯 장이니까 2만 5천 원. 현금으로 낼 것.

은주   (스티커 그림을 고르며) 이런 거 인터넷에서 사면 2천 원인데. 선생님, 꽃그림 같은 건 없어요? (스티커 몇 장을 골라 주영에게 건넨다)

주영   야, 해골은 좀 그렇지. (배를 가리키며) 꿈과 희망을 주는 그림 없냐?

부진   해골은 저 주세요. 벌레 먹은 해골.

은주   참 취향 독특해.

웅기   승범아 됐다. 눈맞춤 철수.

승범과 정민이 서로 마주보고 있던 상태에서 풀려난다.
정민은 거의 정신이 없는 상태.

웅기　가발도 파니까, 가발 필요한 사람은 말하도록. 가발은 5만 원. 오늘 강습은 여기까지. 끝.

웅기, 승범 나간다.
그녀들은 바닥에 모두 뻗는다.
연습실 창으로 저녁노을이 스며들어온다.

부진　(내레이션) 우리는 저녁노을을 바라봤습니다.
(뻗어있는 그녀들을 보며) 내일 모레면 마흔 살, 마흔 살, 마흔 살 그리 고 나는 만으로 서른다섯 살… 우리는 거기 누워 지나버린 청춘과 어느 덧 쇠약해진 꽃다운 체력에 대해 생각했습니다. 우리 몸 위로 내려앉은 저녁노을의 무게 때문에 우린 한동안 일어나지 못했습니다. 인생은 이렇게 흘러가고, 이렇게 서서히 시들어가는 거구나, 하고 나는 생각했습니다. 어제 우린 회식자리에 있었습니다… 한쪽에선 승진이 확실한 그룹의 사람들이 오부장과 어울려 술을 마시고 있었고, 다른 한쪽 구석에선 앞날이 암담한 우리 넷이 숨죽이며 술을 홀짝였습니다. 3차로 간 가라오케에서 오부장은 우리에게 춤을 추라고 시켰습니다.
"분위기 좀 띄워봐~"
우린 소녀시대 춤을 췄습니다. 오부장의 얼굴이 차츰 일그러졌습니다.
오부장님은 원더걸스를 좋아했던 겁니다.
오부장의 취향도 제대로 파악 못하는 우리가 과연 사장님의 마음에 들 수 있을는지… 한마디로 첩첩산중입니다.

저녁노을이 더욱 붉어진다.

은주	우리 꼭 이렇게 까지 해야 되는 거냐. 생전 듣지도 않던 헤비 메탈까지 하면서. 우리 지금 잘하고 있는 걸까.
정민	정말 죽을 맛이다. 회사 때려 쳐도 땡겨 받은 퇴직금 때문에 빈털터리고.
	위로금 6개월 치 받고나면, 내 15년 인생 그걸로 보상 땡인가.
주영	아냐. 조금만 더 참아보자. 우린 할 수 있어. 더 참을 수 있어. 함께 해야 돼. 이대로 포기하는 건 너무 억울하잖아. 이대로 젊은 것들한테 밀릴 순 없어, 절대로 이렇게 쫓겨날 순 없어.

그녀들의 몸 위에서 노을이 조금씩 사라져간다.

어두워진다.

4장

밤. 음악 학원 연습실.

승범의 등에 업혀 오는 웅기.
웅기는 잔뜩 취해 있다.

웅기 너 그러면 안 돼, 나한테. 내가 이 연습실 유지하려고 얼마나 노력하는지 너 모르면 안 돼. 너 나한테 아무 때나 뻑~ 그러면 안 돼. 내가 얼마나 놀라는지 너 몰라. 나한테 욕하면 안 돼, 너. (우에엑)

승범 내 머리에 토하지마.

웅기 토할 거야. 토할 거야. 우에에엑

승범 하하하. 더럽잖아.

웅기 그래도 토할 거야. (우에엑) 승범아, 우린 살아있는 거냐. 죽어 있는 거냐 나, 살아 있고 싶어, 나 죽어 있고 싶지 않아. 나 음악하고 싶다. 나, 헤드뱅잉 하고 싶다.

승범의 등에 업혀 헤드뱅잉 하는 웅기.

웅기 승범아, 나 살아있고 싶은데 어떻게 해야 살아있는 건지 잘 모르겠어.
나 너무 괴로워. 내가 죽어있는 것 같아서. 좀비. 좀비 알아? 살아있는 시체. 나 시체 같아. 우에엑.

승범 그러니까 못 먹는 술을 왜 마셨어.

웅기	내가 마시고 싶어서 마셨냐. 너 술 못 마시게 하려고 내가 다 마신 거지. 다 니 탓이야.
승범	너 내 대신 술 마시다가 그러다 죽어.
웅기	왜 왜 내가 죽는 건 걱정되고 너 죽는 건 걱정 안 되냐. 내려 줘. 내려줘.
	(안내려주는 승범) 이것 봐라. 왜 안 내려주는데. 내려줘.
승범	안 돼.
웅기	내려줘.
승범	안된다니까.
웅기	왜.
승범	더 업고 있을래. 너 많이 가벼워졌다.
웅기	내가 너 때문에 속이 다 타버려서 가벼워진 거야. 재처럼 가 벼워진 내속, 니가 알아?
승범	알지. 미안하다. 내가 도움이 못돼서.
웅기	넌 술 안 먹는 게 도와주는 거야. 술 끊어. (하품) 아아 졸려. 너 다시는 술 마시지마. 약속해! 너 계속 술 마시고 그러면 내가 알콜 중독 치료소에 처넣어 버릴 거야.
승범	알았어. 술 안 마실게.
웅기	(승범의 등 뒤에서 팔을 앞쪽으로 뻗어 새끼손가락 내미는) 약속.
승범	약속.
웅기	아아아. 졸려, 나. 잘래.
승범	자.
웅기	아아아 졸려. 내려줘.
승범	그냥 내 등에서 자. 너 잠들 때까지 업고 있을게.
웅기	아아아. 졸려. 그럼 잠깐만 잘게. 자장가 불러줘.

승범이 메탈로 자장가를 부른다. 웅기가 승범의 뒤통수를 빡 때린다.

승범이 조용한 자장가를 부른다.

웅기가 잠이 든다.

승범은 웅기를 업고 연습실 안을 걷는다. 아장아장.

부진이 이어폰을 끼고 어둠 속에서 헤비메탈 드러머의 포즈로 연습하고 있다.

허공을 향해 스틱을 두들기는 부진.

승범이 그런 부진을 발견하곤 놀란다.

승범	아이 깜짝이야. 뭐예요, 지금. 어두운데서.
부진	(한동안 포즈 자세 유지하다가) 연습.
승범	연습을 왜 지금 해. 지금이 몇 신 줄이나 알아요? 밤 12시 30분이야.
부진	출근하기 전까지 6시간 밖에 잠 못 자겠네.
승범	고민하지 말고 얼른 들어가서 6시간이라도 자요.
부진	뭐 물어보고 싶은 게 있는데요.
승범	무섭게 왜 자꾸 다가오면서 물어보세요.
부진	그게 잘 안돼서요. 나만 안 돼서.
승범	뭐가 안 되는데요?
부진	**빽**~ 이거요.
승범	그냥 눈에 힘주고, **빽**~
웅기	아이 깜짝이야. 뭐야. 아이 놀랐잖아. 승범아, 너 왜 그래?
승범	아냐. 그냥 자. 잠꼬대야.
웅기	너도 참. 잠꼬대까지 빽을 하고 그러니. (다시 조는 웅기)
부진	… 저 비결 같은 거 없을까요?
승범	그게 술을 먹으면 잘 나오기도 하는데.
부진	술이요? 그럼 저랑 술 마셔요.
승범	방금 친구하고 술 안마시기로 약속했는데.

부진	(실망하며) 그래요?
승범	그럼 딱 한잔만 마셔볼까요?

부진, 술을 가져온다.

부진	근데 안 무거워요? 왜 업고 있어요?
승범	그러게요. 좀 무겁네요.

승범이 웅기를 소파에 눕히고 담요를 덮어준다.

부진이 승범 잔에 술을 따라준다.
승범이 마시려는 순간 벌떡 일어나는 웅기.

웅기	(벌떡 일어나) 승범이. 너. 너.
승범	깼어?
웅기	너. 나쁜 자식. (웅기의 잠꼬대였다. 다시 잠들고)
부진	잠꼬댄가봐요.
승범	(맛나게 마신다)
부진	한 잔 더. (술 따르고)
승범	나만 마셔서 되나.
부진	그럼 저도 한잔. (승범이 따라주는 잔을 마시고) 캬~!
웅기	(놀라 벌떡 일어나 두리번거리다 다시 누우며) 내 친구한테 술 주지 말아요. 술 주면 안 돼.
부진	이것도 잠꼬대죠?
승범	(끄덕끄덕)
부진	술 많이 마셨나 봐요, 오늘.
승범	내가 먹을 술을 혼자 다 마셔서.

70

근데 아줌마.

부진 저 아줌마 아니거든요.

승범 이 시간에 연락도 없이 저기 서 있으면 무섭잖아. 간 떨어지는 줄 알았어.

부진 잠이 안 와서…

승범 잠 안 올 때마다 여기 오면 무단주거침입이야.

부진 내일 회사에서 중대한 발표가 있는데… 확실할 것 같아서요.

승범 뭐가?

부진 회사를 더 이상 다닐 수 없다… 그게 확실해질 것 같아서.

승범 짤리는구나.

부진 조기퇴직이라고 해야 맞겠죠.

승범 그거나 저거나. 술 한 잔 더 줘봐요.

부진 (술을 따라주려다, 멈추고는) 직접 따라 드세요. (웅기 쪽을 바라보며) 내일 깨어나면 내가 술 따라줘서 마신 거라고 엄청 광분할 거야.

승범 (혼자서 따라 마시는) 근데 아줌마는 다른 아줌마들 사이에서 막내가 봐.

부진 네 살 차이나요.

승범 내가 보기에 차이 안나. 같은 나이라고 해도 믿겠어.

부진 씨바.

승범 앗. 우리 학원 효과 있네. (술을 따라주는)

부진 (술을 마시고) 캬아아아. 근데 헤비메탈이요, 그거 왜 해요, 두 사람?

승범 (쳐다본다)

부진 지금은 활동 안 하죠? 활동 안한 지 한참 됐죠? 내가 음반도 찾아보고 그랬는데 10년 전에 품절돼서 구할 수도 없고, 인터넷에선 거의 정보도 없더라구요.

승범	(술만 마신다)
부진	왜 술만 마셔요, 아저씨?
승범	나 아저씨 아냐. 당신하고 동갑이야.
부진	… 35살? 설마. 에이, 뭐야. 에이, 아니죠? 몇 살이에요? 솔직하게.
승범	… 35살.
부진	설마. 완전 늙었는데? 아닌 것 같은데.
승범	맞다니까!!
부진	(바로 말 놓는) 그럼 내가 말까도 되지? 오늘부터 친구먹자. (술을 따라 주려는)
웅기	(잠꼬대) 내 친구 술잔에 술 따르지 말란 말이야. 술 주지 말라고.
부진	각자 알아서 마시자. (각자 자기 잔에 술을 따르는) 근데 나하고 동갑이라고 하니까 그 얼굴도 왠지 귀여워 보인다.
승범	(험악하게) 뭐?!
부진	왜. 내가 뭐 잘못 말했나요?
승범	나 그 단어 제일 좋아해.
부진	그래? 귀여워. 귀여워.
승범	하하하하~
부진	웃는 거 처음 보네. 왜 활동 안 해요, 두 사람? 우리한테 가르치는 것 보면 잘할 거 같은데.
승범	돈이 안돼서. 팬도 없고. 무엇보다 메탈을 싫어해, 이 사회가.
부진	난 해보니까 좋은데. 몰라서 그렇지, 나 같은 사람도 많을 거야.
승범	우린 아줌마 팬 필요 없고 젊은 아가씨들이 필요해. 누가 뭐래도 헤드뱅어는 젊은 여자여야지. 근데 젊은 애들이 우릴 안

좋아해.

부진 　내가 좋아하는데. 나 아가씨.

승범 　**뻑~**

부진 　뻑~ 그만하고. 이제 헤비메탈 안 할 거예요? 두 사람 연주 하는 거 보고 싶은데.

승범 　…

부진 　활동 다시 하고 싶죠?

승범 　헤비메탈을 사랑해?

부진 　뭐 사랑하기까지야… 애인도 아니고.

승범 　연습 열심히 하던데. 사랑 없이는 그렇게 못하는데.

부진 　아. 그거. 내 인생은 항상 부진해서 노력하지 않으면 안 되거든요, 내 이름이 박부진. 그래서 뭐든 열심히 하는 거예요. 그럼 우리 친구는 메탈 사랑해?

승범 　사랑하냐구? 내가 메탈을 할 수 밖에 없었던 것은 한 가지 질문에 대한 답을 찾기 위해서였어.

부진 　한 가지 질문?

승범 　메탈을 사랑해?… 그 한 가지 질문에 대한 답을 찾는 여정.
난 12살 때부터 메탈의 폭력성과 죽음의 이미지에 끌렸거든.
어떤 메탈리스트들은 방화를 저지르고 살인도 했지.
세상 사람들은 그들이 메탈을 했기 때문에 살인범이 되고 방화를 한다고 얘기해. 실제로 노르웨이에서는 교회에 불을 지르고 집단 자살을 하기도 했어.
하지만 우리 삶은 더 끔찍해. 어디서건 죽음의 이미지는 넘치고, 방화와 살인은 일어나. 꼭 메탈 때문만은 아닌 거지. 메탈은 삶을 닮았어. 메탈은 삶을 비추는 하나의 작은 호수일 뿐이야.
메탈을 사랑해? 사랑하지. 그런데 어떻게 사랑해야 하지?

73

메탈의 창시자는 의견이 분분하지만 대체적으로 블랙사바스
로 모아지지.

블랙사바스는 메탈의 창시자야.

블랙사바스가 악마의 음악을 처음 연주한지 35년이 지났지.

그리고 나 역시 35살.

블랙사바스의 음악과 나. 나는 악마의 음악과 같은 나이지.

부진   나도 35살인데. (둘은 하이파이브를 한다) 아싸~

승범   내가 메탈을 할 수 밖에 없었던 것은 한 가지 질문에 대한 답
을 찾기 위해서였어. 난 메탈을 사랑해. 그걸 어떻게 증명해
야 하지.

그래서 메탈이라는 여행을 시작하게 된 거야.

왜 헤비메탈은 거절되고 편견에 휩싸여 있고 남들로부터 증
오되어 왔을까. 왜 사람들은 헤비메탈을 거절했는가.

내가 알게 된 점은 메탈은 우리가 피하려 하는 것과 맞선다는
거야. 우리가 피하고자 하는 무엇이든, 그것이 불안감이든 뭐
든 맞서서 싸운다는 거야.

우리가 반대하는 것을 찬양한다는 거야.

우리가 무서워하는 것을 탐닉한다는 거야.

그래서 메탈은 항상 아웃사이더의 음악일 수밖에 없어.

나와 웅기에게 메탈은 머물 곳이야. 세계를 여행하는 모터보
트 같은 거지.

승범은 마치 모터보트를 운전하는 것처럼 바다의 물살을 가르며 달
리는 흉내를 낸다.

부진 역시 그 모터보트에 탄 것처럼 상쾌한 바람을 맞는다.

부진   (바람을 맞듯 소리치며) 와아아~ 상쾌하다, 바닷바람.

승범　(모터보트 위에 있는 것처럼) 꽉 잡아~ 달린다~ 부우우우웅웅~

부진　와아아~

승범　메탈을 듣게 된 후부터 난 내가 훨씬 나은 사람이 되었다고 확신해.

메탈은 날 평가하거나 비판하지 않아.

항상 나를 위해 있어줄 뿐이야.

난 12살 때부터 메탈에 대한 사랑을 지켜왔어.

음악이 저급하다고 생각하는 사람들이 너무 많아서 난 메탈을 혼자서 외롭게 지켜야만 했지.

지금 나는 나에게 말할 수 있어. 사랑해라고. 사랑해, 사랑해, 사랑해.

정말로 사랑해.

당신한테 하는 얘기는 아니니까 너무 긴장하진 말고.

부진　아 상쾌하다, 바닷바람~ 아 상쾌해~

승범　이 시원하고 강력한 바닷바람처럼 메탈에 다가가고자 하는 마음만 강직하다면 메탈은 언제든 너의 뒷덜미를 강력하게 때리며 너에게 엄청난 힘을 줄 거야.

승범이 부진에게 키스를 하려고 한다.

부진 그 키스를 받아들이려 한다.

밖에서 천둥 번개가 친다.

세상을 흠뻑 적실만한 비가 세상에 내리기 시작한다.

웅기가 벌떡 일어나 앉는다.

웅기　승범아. 빨래. 빨래. 빨래 다 젖는다.

승범　어? 알았어. 알았어.

승범이 건물 옥상으로 뛰어 올라간다.

잠시 후 정민이 은주의 등에 업혀 연습실로 들어온다.
그녀들은 잔뜩 취해있고 비를 맞았다.
정민이 손엔 케이크 박스가 불안하게 들려있다.

정민   야, 이 자식들. 니들 말이야, 야 너. 너. 특히 너.

웅기   (황당한 듯) 저요?

정민   그래, 너. 우리를 학대하는 너 말야 너.

웅기   근데 잠긴 문은 어떻게들 따고 들어오는 거지?

은주   비밀번호 바꾸세요. 1111은 유치원생도 알죠.

정민   뭐? 개처럼 짖어? 똥 싸는 폼으로 7분 동안 서 있으라구? 너 땜에 모가지 아파서 잠을 못 자, 내가. 야, 우리가 언제 헤비메탈 하고 싶댔냐?

은주   우리가 하러온 건 맞지.

정민   우리 돈이나 갈취하고. 나쁜 새끼.

은주   돈도 우리가 냈고.

정민   나쁜 놈, 디씨도 별로 안해줬잖아.

웅기   아니 오밤중에 찾아와서 왜들 이러실까.

정민   야, 다른 흑성탈출은 어디 갔어.

웅기   빨래 걷으러 갔어요, 옥상에.

은주   너 선생님한테 너무 심하다. 왜 그래.

부진   선생님들이 언니들보다 4살 어리시대요.

정민   아하. 그러세요?? 정말이세요, 선생님? 제가 정중히 말 좀 내려도 될까요?

웅기   내리든가 말든가.

정민   내리든가 말든가, 우린 여기 말고도 다른 곳에서 엄청 받거든, 스트레스.

웅기　받든가 말든가.

정민　받든가 말든가? 내가 승진해서 싹 다 죽여 버릴 거야. 날 왕따
취급했던 새끼들. 뻑~ 날려버릴 거야.

은주　(정민에게) 너 진짜 선생님한테 왜 그래. (웅기에게) 이해하세요.
얘가 술이 떡이 돼서.

정민　내가 승진하면 널 제일 먼저 짜를 거야. 아니꼬우면 니가 관
두든가. 왜 날 관두게 하려고 그러는데!

웅기　아줌마… 왜 나한테 그래요.

주영이 술과 안주가 든 봉투를 들고 들어온다.
우산을 털어 한쪽 구석에 접어놓는 주영.

정민　우리 아줌마 아니잖아. 아닌데 왜 아줌마라고 그러는 거야.
어디를 봐서 우리가 아줌마야.

은주　나한테는 어머님이라고 부르는 사람도 있어, 니가 참아.

정민　내가 왜 참아야 하는데. 시집도 못 간 사람이 왜 참아야하는데.

은주　빨리 시집을 가든가.

정민　우리 엄마가 시집을 가야 내가 가지.

은주　니네 엄마는 대체 언제 시집간대?

정민　몰라. 몰라서 내가 미치겠어. 돌겠어. 우리 엄마 김사장님 놓
치면 또 몇 년 걸릴 텐데. 왜 나만 잡고 나한테서 안 떨어지는
지 몰라. 완전 본드야. 강력 본드. 돼지본드.

은주　좋다는 사람 있을 때 그냥 좀 가시잖고. 김사장님은 아들 없
대?

주영　있지. 띠동갑 하고 결혼했다더라. 미모의 스튜어디스

정민　내가 스튜어디스보다 빠지는 게 뭐야.

주영	다 빠져. (통닭이 든 봉투를 내밀며) 그러니까 닭이나 뜯어.
은주	야 닭 먹자. 좀 떨어져봐. 무거워 죽겠어.
정민	싫어.
은주	부진아 애 좀 떼내 봐.
부진	(힘 좋게 떼어낸다) 으쌰.

그녀들 통닭 앞으로 모여 앉는다.

웅기	아니, 여기가 술집도 아니고 왜들 여기 와서 그래요.
정민	(닭다리 하나 집어 내밀며) 닥쳐.
은주	(닭다리를 잡기 좋게 호일로 싸서 건네며) 선생님도 하나 뜯으세요.
부진	언니도 드세요.
주영	난 당분간 닭고기 금지야. 애가 닭살 될까봐.
정민	너 닭날개 좋아했잖아.
은주	그럼 애가 팔이 붙어 나온대. (보여주며) 이렇게.
주영	**삑~**
모두들	(깜짝)
주영	30분마다 목을 좀 푸느라.
웅기	역시 보컬답네.
모두들	**삑~**
웅기	(움찔)
은주	우리도 목 풀었으니까, 이제 닭 뜯자.
부진	우리요… 내일 진짜 괜찮을까요?
주영	가봐야 알지.
정민	싫어. 싫어. 개새끼들. 왜 우리가 회사를 그만 둬야 하는데. 우리가 회사에 젊은 날을 다 바쳤는데, 야근도 밥 먹듯이 하고,

패스트푸드 먹으면서, 경쟁에서 살아남으려고 난 시집도 안 갔는데… 내가 싱글인 게 최대의 경쟁력이라고 막 칭찬하면서 떠들어대더니 왜 왜 왜.

주영 너 시집 안 간 건 엄마 때문이고.

정민 내가 결혼식 가서 축의금 낸 것만 해도 여섯 달 치 월급은 될걸. 부장님 과장님, 사장님 전무님 이사님, 그 많은 경조사에 안 다닌 적 없는데. 이제 와서 그거 다 필요 없는 거잖아. 기쁜 척 축하해주고 슬픈 척 위로해 주고. 그거 다 소용없는 거잖아. 나 죽으면 그 사람들 오지도 않을 텐데. 나 결혼하면 그 사람들 오지도 않을 텐데.

은주 안 오긴 왜 안 와.

정민 씨바, 안 올 거야.

은주 됐어. 내가 너 결혼하면 냉장고 TV 침대 다 사줄게.

정민 너 내가 시집 못갈 거 같으니까 맘 놓고 얘기하는 거지.

주영 내가 사줄게. 뭐 필요해. 세탁기? 소파?

정민 니가 돈이 어딨어서.

주영 카드 있잖아. 애도 카드 긁어서 낳는데, 까짓 거 뭘 못 사주냐. 난 남편이랑 평생 할부로 애 셋 낳기로 합의 봤어.

정민 (부진을 보며) 넌 뭐 사줄 거야.

부진 저요? 음, 저는… 스탠드…? 부부찻잔?

정민 (인상 험악해진다)

은주 (부진에게 눈짓) 더 써.

부진 음… 아! 신혼여행.

정민 (표정 밝아지며) 고맙다 얘들아. (웅기를 본다)

웅기 나? 나도 뭐 사야 되나?

정민 당근이지. 빽~

웅기 에헤. 30분마다 한 번씩 하라니까. 자주하면 목 나간다구요.

그녀들 먹기 시작한다.

은주 그건 그렇고 다음 달 학비는 보낼 수 있겠지?

정민 너 카드 돌려막기로 학비 보내는 건 심했어. 니가 왜 두 남자 학비를 대냐고.

은주 남편이랑 아들이니까.

주영 대체 니 남편 박사는 언제 딴다든.

은주 남편도 생활비 버느라 새벽에 청소를 하니까 엄청 힘들 거야.

정민 박사는 쥐뿔. 너 그러다 콩팥 판다. 그리고 너 내 돈 꿔간 거나 갚어. 이자가 얼만 줄 알어?

은주 이자가 붙었어?

정민 붙었지, 당연히 붙어야지, 꿔간 돈이니까.

은주 얼마나 붙었는데?

정민 좀 많아. 근데 넌 친구니까 조금만 받을게. 오늘부터 술을 쏴라.

웅기 아줌마들, 여긴 연습실이야, 신성한 연습실. 그리고 여긴 우리집이라구. 연습 끝나면 우리 집. 잠 좀 자자.

정민 야 너! 까불지 마. 누님들이 여기 와서 술 좀 마시겠다는데, 니 집 내 집이 어딨어.

주영 그리고 우리가 낸 수강료 아니었으면 쫄쫄 배 굶고 있었을 텐데. 우리 환불할까.

웅기 누님들, 왜 이러세요. 규정상 환불은 강습 후 일주일 안에만 되거든요.

주영 증거 대봐. 우린 동의한 적 없는데. 현금 박치기 하는데 개뿔 규정은. 니네 약관 적힌 종이 본 적 있어?

그녀들 없지.

주영 우리 사인한 적도 없잖아.

그녀들 없지.

웅기 됐고. 저번에 화장실에 토한 사람 누구예요. 토를 했으면 청소를 하든가.

다들, 정민을 쳐다본다.

정민 나 아냐. 나 아냐. 진짜 나 아냐. 우에에엑

정민이 술병이 든 비닐봉지 안에 토한다. 우에에엑.

부진·은주 어, 술!

주영 에이씨, 내가 사온 술인데. 니 술값 땜에 우리 애가 임페리얼 먹을 거 아기사랑 수 먹게 생겼어, 씨바~

은주가 토사물과 술병들이 뒤엉킨 비닐봉지를 들고 화장실 쪽으로 나간다.
부진이 정민의 등을 두들겨준다.
구역질을 하는 정민. 괜찮다는 제스처.
웅기는 담요를 뒤집어쓰고 뒤돌아서 누워버린다.
부진이 케이크 상자에서 케이크를 꺼낸다. 케이크가 뭉개져 있다.

정민 아! 뭉개졌다, 케이크.

주영 뭐냐. 제대로 들고 왔어야지.

정민 이 새끼들. 빵가게 새끼들. 우리한테 뭉개진 걸 팔았어.

은주 (들어오며) 살 때는 멀쩡했거든. 지가 들고 간다고 고집 피우더니.

정민 내가 언제? 니네들이 말렸어야지, 나 술 취한 거 안 보여.

은주	초 꼽자, 뭉개진 케이크에라도. 15개 맞지?
주영	15개. 많다. 우리 애가 15살 되려면, 내가 회사 다닌 만큼의 시간이 필요한 거네.
은주	자, 술잔 대신 우리 초를 들고 축하하자. (모두 초를 하나씩 든다) 15년 된 우리의 우정을 위하여!
부진	7년 된 우리의 우정도 위하여!
다같이	위하여!

모두 들고 있던 초를 불어 끈다. 후우~

정민	그래도 술은 있어야겠다.
부진	내가 갔다 올게요.
정민	아냐. 회사에서도 맨날 니가 가는데. (은주에게) 니가 갔다 와.
은주	나 요즘 원형탈모 생겨서 비 맞으면 안돼.
주영	나도 오늘 운동량 초과야. 니가 갔다 와.

천둥과 번개.
승범이 옥상에서 빨래를 잔뜩 걷어들고 들어온다.

정민	야 혹성탈출.
주영	그거 뭐야. 빨래 걷었어?
은주	어머 선생님, 오늘 되게 가정적으로 보이신다.
정민	너 그거 내려놓고 술심부름 좀 해라.
승범	(벙찐 얼굴로 부진을 본다)
부진	내가 얘기했어. 언니들보다 네 살 어리다고.
웅기	(승범에게) 너 술 사러 가지마. 너 술 마시면 끝이야.
정민	술. 술. 술. 너도 먹고 싶잖아. 너 먹고 싶은 만큼 충분히 사와.

내가 돈 줄게. 자 내 카드.

잠시 망설이던 승범이, 빨래를 바닥에 내려놓고 연습실 여기저기에서 숨겨둔 술을 꺼내서 그녀들에게 준다. 구석구석에서 숨겨둔 술이 나올 때마다 이어지는 그녀들의 환호성.

웅기	너 너. 너. 너.
승범	웅기야. 오늘만 마시자. 내일부터 안 마실게.
웅기	아니. 아니. 내가 다 뒤져서 술 죄다 버렸는데, 어디서 술이 나오는 거야.
승범	등잔 밑이 어두운 법이야.
웅기	아. 몰라. 몰라.
주영	니네 둘이 사귀냐?
웅기	뭐?
은주	둘이 너무 다정하다.
정민	무슨 관계?
웅기	됐거든요.
주영	하하. 얼굴 빨개지니까 너무 귀엽다.
웅기	내가 제일 싫어하는 말이거든요. 귀엽다는 거.
주영	화내니까 더 귀여워.
은주	그런데 왜 우리 승범 선생님 얼굴이 빨개지셨지?
부진	승범 친구가 귀엽다는 말 제일 좋아하거든요.
주영	그래? 흑성탈출도 그런 귀여운 면이 있었구나.
웅기	에헤. 진짜 왜 이러실까들.
정민	너 노래해봐. 노래해봐.
그녀들	노래해. 노래해. 노래해.
웅기	나 술자리에서 노래 안 해요. 난 무대가 아니면 마이크를 안

잡거든요.

그녀들　노래해. 노래해. 노래를 못하면 연애를 못 하지, 아 귀여운 사람.

웅기　이러니까 아줌마 소리를 듣는 거라구.

그녀들　노래해. 노래해. 노래를 못하면 환불을 할 거야, 아 귀여운 사람~

웅기　그 말 하지 말라니까. 알았어요. 알았어. 뭐 뭐 무슨 노래할까.

그녀들　아무거나. / 귀여운 거. / 섹시한 거. / 발랄한 거.

웅기　나, 절대 안 하는 노래하는 거니까, 환불도 절대 안 돼요. 환불 얘긴 다신 꺼내지도 마.

웅기가 노래를 시작한다.

웅기　(노래) 넌 내게 반했어. -노브레인

넌 내게 반했어
화려한 조명 속에 빛나고 있는

넌 내게 반했어
웃지 말고 대답해봐

넌 내게 반했어
뜨거운 토요일 밤의 열기 속에

넌 내게 반했어
솔직하게 말을 해봐

도도한 눈빛으로 제압하려 해도
난 그런 속임수에 속지 않아

넌 내게 반했어
애매한 그 눈빛은 뭘 말하는 거니

넌 내게 반했어
춤을 춰줘 Come on! Come on!!

내 눈과 너의 눈이 마주쳤던 순간
튀었던 정열의 불꽃들

oh!
STAND BY ME
STAND BY ME
STAND BY ME

원한다면 밤하늘의 별도 따줄 텐데

내 볼에다 입 맞춰줘~

넌 내게 반했어!

아줌마들과 녀석들의 열광의 도가니.
꽤 멋지게, 멋있게 '넌 내게 반했어'를 부르는 웅기.
웅기의 노래가 끝나면.

그녀들   (승범에게도) 노래해. 노래해.

승범이 통기타를 들고 와서 기타를 치며 노래를 부르는데
느끼한 러시아 민요다.
다들 벙찐다.

웅기   얘가 원래 대학 때 러시아 문학을 전공해서.
(박수를 치며, 그녀들을 보며) 노래해. 노래해.

그녀들   (반응 썰렁하다. 술만 마신다)

웅기   노래해. 노래해. 노래를 못하면 **시집**을 못가지, 아 미운 사람
~

정민   (한잔 털어 넣고) 그만 하자, **어~!**

쪼는 웅기.

부진   (내레이션) 오늘 언니들이 오버를 하는 건 이유가 있습니다. 우
리 회사 입사 후, 사우회에서 만나 15년을 버틴 여직원들은 저
들 셋뿐입니다. 그리고 운 좋게 그들을 만나 친해지게 된 저까
지, 우리 넷은 정기적으로 우리들만의 기념일을 챙겨왔던 겁니
다. 어제가 바로 그들의 15주년 기념일이었고, 우리는 칼퇴근
후 호텔 라운지에서 칼질을 할 예정이었습니다. 그런데 갑자기
야근이 잡혔어요. 야근을 하면서 한솔도시락에서 배달된 도련
님 도시락으로 저녁을 대신해야 했죠. 도시락을 먹는데, 헤비
메탈을 배우면서도 안되던 짐승 앓는 듯한 소리가 자연스럽게
나오데요. (그로울링 기법으로 소리치며) 아아아아아아아아. 아아
아아아아아. 맛없다~ 아아아아아아아 맛없다~

86

웅기와 승범은 연습실 바닥에 뻗어서 잠들어있다.

정민　　씨발. 우리가 취소 인생이냐. 말끝마다 취소하래. 취소하면
　　　　환불이라도 해 줄 건가?

웅기　　(벌떡 일어나 앉으며) 환불은 안 된다니까. 우리도 먹고 살아야
　　　　지. (잔다)

부진　　잠꼬대예요.

주영　　그래도 저번에 선보러 가는 건 취소하지 말아야 했어.

정민　　안하면? 찍히는데 어떻게 안해.

은주　　내일모레면 마흔인데, 윗사람 눈치나 보고. 왜 이러냐 우리
　　　　마흔은.

주영　　15주년. 오늘 우린 이렇게 한 자리에 모였어. 무사히 한 명도
　　　　퇴사하거나 아프지 않고 이 회사에서 일한 거야. 우리 16주년
　　　　도 함께 할 수 있겠지?

은주　　왠지 16주년은 오지 않을 것만 같다…

정민　　오게 할 거야. 크레인 위에 올라가서라도 오게 할 거야.

주영　　그래. 우리 건배하자.

은주　　정년퇴직하는 그날을 위하여~~

정민　　우리의 마흔 살 위하여~

그녀들　우리의 건강한 내일을 위하여~

그녀들은 점점 취해간다. 하지만 정신은 점점 더 말똥말똥 해져가는
것 같다.

그들 넷은 함께 운다.
웅기도 누운 채 웅크리고 덩달아 훌쩍거린다.
웅기도 그녀들처럼 자신의 슬픔에 빠져있다.

주영   울지 마.

은주   울지 마.

정민   너나 울지 마.

부진   언니들 울지 마.

주영   우리 왜 우는 건데.

은주   몰라. 누가 먼저 운 건데.

정민   울면서 그걸 왜 따지는 건데.

주영   그만 울어, 부진아.

부진   언니들이 우는데 제가 어떻게 그만 울어요.

은주   주영아, 너부터 그만 울어.

정민   그만 울자면서 왜 자꾸 우는 건데.

주영   (웅기에게) 너는 또 왜 우는데.

웅기   몰라. 묻지 마. 니네들은 니네들끼리 울어. 이쪽에 관심 꺼.

은주   어떻게 관심을 꺼. 선생이 학생한테 관심 갖고 학생도 선생한
       테 관심을 가져야지. 유치원에서도 애가 왜 우는지 알아야 좋
       은 선생 되는 거예요.

주영   선생님이면 좀 잘해야지, 우리한테. 선생이면 왜 우리가 되도
       않는 헤비메탈을 배우려고 하는지 알아야 할 거 아냐. 우리가
       왜 택도 없는 헤비메탈 하겠다고 목숨 거는지. 퇴근하고 여기
       와서 왜 이러고 있는지. 그 심정, 그 마음, 선생이면 헤아려야
       할 거 아냐. 우린, 헤비메탈도 싫고, 이러고 있는 우리 자신도
       싫고, 내일 회사 가는 것도 싫고, 술도 싫고, 지구온난화 때문
       에 남극이 녹는 것도 싫고, 인간이 싫어. 북극곰이 빙하가 녹
       아서 물에 빠져죽는 건 더더욱 싫어. 북극곰이 쉴 얼음이 없
       어서 수영하다 지쳐 죽는 그 마음 알아?

웅기   니들도 선생한테 좀 잘해봐. 환불하겠다고 협박 좀 그만하고.
       내 간이 털컹 내려앉는 소리 안 들려. 그리고 니네들, 우리가

88

왜 되도 않는 너네들 붙잡고 헤비메탈을 가르치고 있는지, 그 사정, 제자들이라면 헤아려야 할 거 아냐. 우리도 우리 음악 해야 하고 음반 만들어야하고 바빠. 콘서트 준비해야 하고, 연습해야하고, 근데, 왜 우리가 그것까지 양보하면서까지 너 네들한테 헤비메탈을 가르치고 있는지, 수강생이면 좀 헤아 려야 할 거 아냐. 그리고 나도 싫어. 나도 물에 빠져 죽는 북극 곰은 너무 너무 싫어. 얼마나 춥고 힘들겠어. 수영하다 죽어 야 하다니. 그건 나도 싫어.

정민 시끄럽고! 둘 다 입 좀 다물지. 내가 가장 싫은 건, 밖에 해가 떴다는 거야. 이제 조금 있으면 출근해야 돼.

부진 아, 눈부시다.

은주 나도 그건 싫어.

주영 나도 싫어.

웅기 나도 싫어.

승범이 코를 드르렁 골며 자고 있다.

5장

부진　(내레이션) 새로운 사장님이 왔습니다. 회사 임원을 포함한 전 사원들이 새로 온 사장님과 함께 설악산 근처로 워크숍을 떠났습니다. 물론 언니들도 함께 갔지요. 하지만 저는 급성 장염으로 워크숍에 불참하게 됐습니다. 스트레스와 술병까지 겹쳐 병원에 입원하게 됐거든요. 워크숍은 설악산 대청봉 등반 후, 회사의 경영 부진과 발전방향에 대한 세미나로 이어졌고, 마지막은 새로 오신 사장님에 대한 축하파티로 장식 되었습니다. 물론 파티의 클라이맥스는 각 부서별 장기자랑이었다고 합니다.

　　　회사 워크숍 장소, 강당 스테이지.
　　　짝퉁 분위기가 물씬 풍기는 헤비메탈 의상을 입고 무대에 등장한 주영, 정민, 은주.
　　　주영은 스탠드 마이크 앞에,
　　　정민은 전기 기타,
　　　은주는 베이스 기타.

주영　저희는 메탈이라는 장르를 통해 회사의 경영 부진의 원인과 앞으로의 회사 위기 극복, 그리고 발전방향에 대해 표현해 봤습니다. 그럼 저희의 노래를 들려드리겠습니다.
　　　(노래) 튼실했던 우리 회사 힘들 게 한 이 세상, 대체 너희 정체는 뭐야~
　　　서브프라임 모기지 부실대출

그녀들	Fuck~
주영	투기 자본
그녀들	Fuck you~
주영	탐욕의 월가를 점령하라!
그녀들	점령하라~
주영	유럽발 재정위기
그녀들	Fuck~
주영	대기업만 크는 정책, 끝장내버려!
그녀들	Fuck you~
주영	한미 에프티에이.
그녀들	Fuck~
주영	남북관계를 최악으로 만든 너희들! 개성공단에 있는 우리 공장 살려내~
그녀들	Fuck~ Fuck~ Fuck~
주영	노력하면 위기를 넘을 수 있어 **(있어!)** 위기극복은 우리 손 안에 있어 **(있어!)** 우린 해낼 수 있어. 회사에 몸 바쳐 일했던 시간들 **(시간들!)** 우리는 극복해 나갈 수 있어. 함께. 다 함께. 다 함께 외쳐~ Fuck~
그녀들	Fuck~
정민	토마토 수프로 만든 토마토라면 **(토마토라면!)** 벌꿀에 버무린 벌꿀 닭 가슴살. **(벌꿀 닭 가슴살!)** 우리가 히트시킨 상품. 우린 할 수 있어. 다시 일어날 수 있어. 우린 다시 히트시킬 거야.
은주	쥐꼬리가 나와도 **(나와도!)** 바퀴벌레가 나와도 **(나와도!)** 사람 손가락이 나와도 **(나와도!)** 우린 이겨낼 수 있어! **(있어!)**
주영	이곳에서 일한지 15년, 우리는 어려움을 함께 이겨낼 수 있어.

	겁 먹지 마. 쫄지 마. 겁먹지 마. 쫄지 마 씨바!

겁 먹지 마. 쫄지 마. 겁먹지 마. 쫄지 마 씨바!

그녀들 씨바~

주영 우린 해낼 수 있어 (씨바!) 우리 할 수 있어 (씨바!)

겁 먹지 마 (씨바) 쫄지 마 (씨바) 겁먹지 마 (씨바) 쫄지 마
Fuck~

그녀들 Fuck~ Fuck~ Fuck~ Fuck~

*

부진 (내레이션) 언니들은 한 달간 연습한 헤비메탈을 온 몸으로 실
현했습니다. 오직 사장님을 위해. 그리고 우리 자신의 평온했
던 일상과 그 일상을 지켜주던 월급을 위해. 월급을 주는 회
사를 위해.
워크숍이 끝나고 언니들은 자랑스럽게 회사에 출근했습니다.
출근하자마자 핸드폰 문자로 조기퇴직자 명단이 발송되어 왔
습니다.
거기에는 언니들의 이름이 줄줄이 찍혀 있었습니다.
그 명단에는 저만 빠져있었고, 저는 언니들과 함께 행동 하지
못했습니다.
언니들은 회사를 그만둘 수 없어, 다른 파트로 자리를 옮겨갔
습니다.

자회사 대형마트 안.
주영과 정민, 은주는 마트 유니폼을 입고 있다.
박수를 치며 호객행위를 하는 주영. 어색하다.

주영 오이가 천원. 백오이가 2천원. 할인하고 있습니다. 오이가 천

원. 백오이가 이천 원. 할인하고 있습니다. 오이가 다섯 개에 천원. 백 오이가 10개에 이천 원.

정민은 마트의 시식코너에서 햄을 굽고 있다. 그런데 남자 아이들이 몰려와서 자꾸 음식을 먹는다.

정민 먹지 마. 야야. 애들아, 저리가라. 먹지 마. 집어먹지 마. 먹지 마. 먹지 마. 야야야야. 먹지 마. 먹지 말라고. 그 정도 먹었으면 됐다, 그만해라. 그만 하라고 했지. 먹지 말라고! 야 이 새끼들아, 내 말 안 들려. 먹지 말라고 새 끼들아. 그만 처먹어. 그만 처먹으라고. 그만 먹어. 그만 먹어, 그만 처먹으라고 이 새끼들아.

앞치마를 벗어 확, 집어 던지는 정민.

은주는 마트의 계산대에서 물건들 계산을 하고 있다.
단순 작업이지만 너무나 복잡하다.

은주 카드 받았습니다. 적립카드나 할인카드 없으세요? 네, 포인트 결제하시고 OK캐시백 카드로 재적립 해드릴게요. 네 잠시만요, 아 카드가 안 읽히네요. 다른 카드 좀 주시겠습니까? 네. 카드 받았습니다. 이 카드는 사용한도 초과로 나오는데, 다른 카드 없으십니까? 이 카드도 안 되네요. 다른 카드 없으신가요? 이 카드도 안 되네요. 이상하네요, 카드를 왜 인식 못하지? 죄송합니다. 뒤에 손님, 다른 계산대로 가주시겠습니까. 죄송합니다. 뒤에 손님, 옆쪽 계산대로 가주시겠습니까. 아, 죄송합니다. 네? 저요? 제가 일한지가 얼마 안돼서요. 예? 죄

송합니다. 그게… 그게…, 제가 중국에서 온지가 얼마 안 돼
서요. 중국이요. 그래서 잘 몰라요 죄송합니다. (중국어로 한다)
워하바우치엔 츄시중겨령 부쭈지어하우 자이나이공서
리 데 두오사오치엔 와오 지다오공 중구오라이더 라이빠 주
수언 데 위미안 도이부찌도이부찌

은주가 있는 계산대에 손님들의 대기 줄이 길어진다.
손님들의 불만소리들.

15년간 다닌 자신들의 회사에서 다시 면접을 보는 그녀들.
이 자리는 호사에서 직원들을 내쫓기 위해 마련한 자리다.
면접실.

면접관 (늙은남자) 우리 회사에서 15년간 일했네요.

주영 네.

면접관 어떻게 생각해요? 우리 회사.

주영 제 젊음을 다 바친 회사입니다. 최곱니다.

면접관 뭐 젊음이야 다 바치니까. 어디에라도 다 바치게 돼 있죠, 젊
음은.

주영 네…

면접관 김주영 씨는 왜 우리 회사에 남아야 한다고 생각하죠?

주영 당연히 어려움은 함께 해야 한다고 생각합니다.

면접관 그래요? 어려울 때 도와주는 방법이 퇴사라는 생각은 안 해봤
어요?

주영 네?

면접관 좋은 방법이라도 생각해 둔 거 있나요?

주영 … 월급을 적게 주셔도 됩니다. 저는 이 회사에서 15년간 일

했습니다.

여기에 남고 싶습니다. 지금 마트일도 괜찮습니다. 최선을 다해 열심히 하다보면 언젠가…

면접관 아아 됐습니다. 너무 흥분하지 마시고.

주영 정말 너무 하시는 거 아니에요? 저, 애 낳아야 해요. 이 배 안 보이세요. 여기에 사람이 있다구요.

면접관 거 애기한테 안 좋은데, 진정하시고.

주영 진정이요? 지금 어떻게 진정해요. 애 낳자마자 굶기게 생겼는데 어떻게 진정해요.

면접관 알았으니까 나가보세요.

주영 못 나간다구요. 못 나가요. 못 나가. 못 나간다구! 안 나가! 못 나가!

면접실.

면접관 (젊은남자) 뭐 마트에서 써먹을 만한 특기 같은 거 있어요?

정민 특기라고 하시면…

면접관 네. 특기.

정민 없는데요.

면접관 특기 하나 없이 지금까지 뭐 했어요?

정민 전에 부서가 식품개발부여서 실험실에만 있었어요.

면접관 운전 면허증 있어요?

정민 있긴 한데, 10년째 장롱면허라서.

면접관 내일부터 배달할 수 있겠어요?

정민 네?

면접관 배달 몰라요, 배달.

정민 제가요?

면접관	왜요? 보통은 남자들이 하는데, 요즘은 남녀평등 외치는 사회니까 남자들이 할 수 있는 거 여자들도 할 수 있잖아요. 힘도 엄청 쎄 보이는데.
정민	그래도 그게 갑자기 내일부터라고 하시면, 제가 전혀 마음의 준비가 돼 있지 않아서요.
면접관	하기 싫으세요?
정민	아뇨. 하기 싫은 게 아니라… 마음의 준비가 필요해서…
면접관	배달 못하면 감시는 어때요.
정민	감시요?
면접관	감시카메라가 잡아내면 뒤질 사람이 필요하죠. 누가 물건 훔쳐가나 눈으로 감시도 하고. 인천공항에 가면 마약 찾아내는 개 있잖아요, 개, 개. 그런 거 하시라구요. 그것도 마음의 준비가 필요한가요?
정민	저… 아까 특기가 뭐냐고 물어보셨죠.
	저도 특기 있는데요. 제가 개소리를 잘 낸다고 여러 번 칭찬받았거든요.
면접관	개소리요?
정민	네. 개 소리요. 인천공항에 있는 개처럼.
면접관	그래요? 그럼 한 번 내보세요, 개소리.
정민	(그로울링 기법으로) <u>ㅇㅇㅇㅇㅇㅇ</u> 멍멍멍멍. <u>ㅇㅇㅇㅇㅇㅇ</u> 멍멍멍멍멍.

정민이 면접관에게 달려들어 팔과 귀를 문다.
면접관의 비명소리.

파릇파릇한 어린 여자상사에게 면접을 받고 있는 은주의 면접실.

은주	카라 춤을 좀 출 줄 아는데요. … 소녀시대 춤도 좀 되고요.
면접관	(젊은여자) 나이 값을 좀 하세요. 그 나이면 차장급인데.
은주	저 뭐든 열심히 하겠습니다. 시켜만 주세요.
면접관	대기 발령이니까, 마트에 나오셔도 할 일이 없어요.
은주	그래도 출근은 해야죠.
면접관	그럼 사무실에서 아무 일도 하지 말고 가만히 계세요, 보직이 정해질 때까지.
은주	근데, 보직 대기 3개월이면 자동으로 면직되던데, 설마 3개월은 안 넘겠죠?
면접관	그런 건 모르겠고, 지켜볼 거예요, 잘하나 못 하나.
은주	뭘요? 지금 내가 아무 일도 안 하는 걸 잘하나 못하나 지켜본단 뜻이에요?
면접관	네. 일을 시켜도 되나 안 되나 보려면 지켜봐야죠.
은주	이 씨발년아, 지금 장난하니?
면접관	지금 나한테 욕한 거예요?
은주	아니요. 남들이 저보고 욕은 다 잘한다고 해서, 한 번 해본 거예요.
면접관	앞으로 내 앞에서 욕 절대 하지 마세요.
은주	욕을 안 한다고 욕이 안 나오겠니, 이 씨발년아. 욕은 마음에서, 이 내장에서 진심에서 우러나오는 거야. 그런 걸 니가 어떻게 알겠니. 이 씨발개오리똥구멍닭대가리 의자에내리쳐서 내장을 까발라먹을씨발년아. 개씹쌔돼지인간광우병니미럴조류독감같은년아~

초산 임산부를 위한 순산 클리닉에서 알바를 하는 주영.
임신부들에게 순산에 대해 교육을 시키고 있다.

주영   네. 호흡하시고. 네. 좋아요, 내쉬고. 동숭동 한의원 라푸푸 순산클리닉에서 배워보는 순산 호흡법, 어떠세요? 저는 벌써 세 번째 낳는데요, 어떻게 하면 쉽게 애를 낳을까, 고통이 덜할까, 다들 궁금하시죠. 출산의 진통은 생각보다 훨씬 심해 막상 그 상황이 닥치게 되면 당황하게 됩니다. 따라서 진통을 대비할 수 있는 호흡법을 몸에 익혀두는 것이 무엇보다 중요한데요, 편안한 자세로, 마음을 안정시키고, 진통이 와도 평안하게, 여유롭게 아, 애기가 나오려나보다 그렇게 생각하면서 숨을 내쉬는 데 포인트가 있습니다. 편안하게 내쉬면서 다 같이 함께 해볼까요. 남편분들께서도 따라해 주세요.
습습 허허 습습 허허 내쉬고. (갑자기) 어억! 어억! 어헉. 어어헉. (주영에게 진통이 온 것이다) 허헉. 괜찮아요. 괜찮아요. 어억! 아직 나올 때 안 됐는데. 어헉. 어헉. 호흡이요? 아. 호흡! 습습헉헉 습습헉헉 어억! 뻑~ 뻐뻐뻐뻐뻐뻐 뻑~ 뻐뻐뻐뻐 뻐 뻑~ (고통때문에) ~~뻑~ 뻑~

주영, 정민, 은주, 세 사람에게 동시에 전화가 걸려온다.
차부장의 자살 소식이 전화로 전해진다.

부진   (내레이션) 우리 보다 먼저 조기퇴직을 한 부장님이 자살을 했습니다.

앰뷸런스 소리.

부진   자택 방문 손잡이에 넥타이로 목을 맸다고 했습니다.
앉은 자세로 목을 매서, 너무나 편한 자세로 이 세상과 이별을 해서, 언니들과 저는 더욱 서글퍼졌습니다. 서글퍼서 장례식장에서 밤새 술을 마시고 육개장을 세 그릇이나 먹었습니다.

음악 학원 연습실.

승범 술 줘. 술. 술.

웅기 너 이러다 죽어.

승범 술. 웅기야 술.

웅기 우리 음악 다시 시작해. 음반 내려고 나 돈 모았어.
　　　　이제 우리 음반 내야지. 녹음실도 다 잡아놨단 말이야.

승범 웅기야. 술.

웅기 너 술을 선택할래, 음악을 선택할래?

승범 … 웅기야.

웅기 너 뭘 선택할래?

승범 …

웅기 그러니까 다신 나한테 술 달라고 하지 마.

승범 웅기야. 나 술 선택할래.

웅기 …

웅기는 친구에게 술을 준다.
그리고 핸드폰을 꺼내는 웅기.
알콜 치료소로 전화를 건다.

웅기 거기 알콜 SOS 의료재단 보람병원이죠. 알콜중독 때문에 입
　　　　원치료가 필요한 환자가 있어서요. 심각한데 응급차 좀 보내
　　　　주시겠습니까. 여기가 어디냐면… 서울 종로구 명륜동…

응급차의 사이렌 소리가 들려온다.

그리고 바닷가의 파도소리와 바람 소리. 갈매기 소리 들려온다.

바닷가.
검은 정장을 입고 장례식장에 다녀온 그녀들.
손에 맥주 하나씩 들고 있다. 주영은 옥수수수염차를 들었다. 맥주를
마시는 그녀들.
바다를 바라보고 있다.

정민   이렇게 살다 가는 걸까, 한번 뿐인 인생인데.

은주   역시 돈 없이는 살아갈 수 없는 걸까? 희망이 없어지는 거겠지.

정민   애 이름은 지어 놨어?

주영   아니. 좋은 이름 있으면 하나 지어줘 봐.

은주   재벌. 어때? 재벌되라구.

정민   개뿔, 재벌은 아무나 되나. 건강이 최고야. 오래오래 살라고 '장수' 라고 지어라.

부진   기운차고 씩씩하게 살라고 '기찬' 이는 어떨까요?

주영   우리 애는 돈 많이 벌면서 오래오래 기차게 살아야 되겠네. … 근데 어째 너무 고달프게 들린다, 인생이.

정민 · 은주 · 부진   그러네….

은주   언제 나온대?

주영   2주 뒤.

은주   걔도 세상 나오기 엄청 망설여지나 보다. 나올라고 했다가 자리만 바꾸고.

주영   애 낳으면 어떤 인생을 살라고 말해줘야 할지 걱정이야.

은주   니가 더 걱정이다.

정민   아, 나는 애 낳아보기도 전에 애를 가질 수 없는 나이가 되는

건가. 참 인생 구린데.

맥주를 마시는 그녀들.

은주   역시 돈이 없으면 희망이 생기질 않는 거겠지. 그래서 사람들
             이 죽는 거겠지. 지금 내가 돈을 안 벌고 있다는 게 무서워.

정민   내가 알아봤는데 직장 그만두고 굶어죽는 사람 별루 없다고
             하던데. 통계에도 나와 있어. 자기 좋아하는 일 하면서 밥 세
             끼 꼬박꼬박 먹으면서 잘 산다고 하던데.

은주   그런 생각 해봤어? 늙었는데, 남편한테 이혼당하고 자식한테
             버림받고 주머니엔 한 푼도 없는 거야. 어떨 거 같아?

정민   니 남편 바람났냐?

은주   결혼해서 기러기 엄마나 되고. 내가 뭐하고 있나 싶어서.

주영   (조용히 서있는 부진에게) 우리가 없어도 회사는 여전하지?

부진   네. 잘 돌아가요. 정신없이 바쁘고.

은주   부진이가 제일 낫다.

부진   저는 부진해서 회사에 남게 됐나 봐요.

갈매기 한 마리. 키룩 울고 그녀들 주변을 맴돌다 날아간다.
바닷가에서 부장님을 마음속으로 떠나보내며 서 있는 그녀들.

주영   저 갈매기를 차부장님이라고 생각하고 떠나보내자.

그녀들, 갈매기를 향해 손을 흔든다.
갈매기가 떠나지 않고 자꾸 그녀들 쪽으로 되돌아 날아온다.
부진이 오징어땅콩 과자를 꺼내서 갈매기에게 던져준다.
잘도 받아먹는 갈매기.

그녀들은 오징어 땅콩을 갈매기에게 너도나도 던져준다.

주영   그만 줘. 안 떠나잖아.

다들, 과자 주는 것을 멈춘다.
갈매기가 떠난다.

웅기가 승범을 알콜 치료소에 보내고, 슬픔에 빠져서 바닷가를 거닐
고 있다.
웅기도 다른 쪽 바닷가에서 바다를 바라보고 있다.
바닷가 모래사장에서 모래에 묻혀있던 야구공을 웅기가 줍는다.
모래사장에 털썩 앉아, 야구공을 손으로 만지작거리며 바다를 바라
보는 웅기.

주영   아침에 눈을 떠서 얼굴을 씻고 밥을 먹고, 자동차를 몰고 출
근해서 정해진대로 늘 하던 일을 하고, 친한 사람과 맥주 한
두 잔을 나눈 다음 귀가해서 TV를 보고 잠자리에 드는 삶을
이제까지 살아왔어. 이런 삶을 다신 살고 싶지 않아.
세상에서 어떤 것이 가치 있는 일일까.
정말로 뭘 해야 내가 나를 위해 일하고 있다는 생각이 들까?
뭘 위해서 회사에서 야근까지 하면서 열심히 살아왔던 걸까.
그래서 나한테 남은 건 뭘까.
난 어떻게 살고 싶었던 걸까.
난 뭘 하면서 살고 싶었던 걸까.

은주   나… 누구나 죽고 싶어질 때 있잖아, 그럴 때 있잖아, 그럴 때
난 종합 검진을 받으러 가거든. 피 뽑고, 오줌 검사하고, 똥검
사하고, 초음파 검사에 위내시경… 그런데 위내시경 할 때 수

면 마취를 하는데, 나 그때, 수면마취 될 때… 아 이렇게 죽는 거구나 하고 생각하게 되거든. 수면마취라는 게 내 의지로 버틸 수 있는 게 아니잖아. 그리고 눈을 뜨면 한 시간은 훌쩍 지나가 있는 거야. 몸과 마음이 너무 개운한 게 마치 내가 다시 살아난 것처럼 산뜻한 기분이 들어. 아, 사람은 이런 기분으로 다시 태어나는 걸까, 그런 생각이 들면서, 울어버려. 내 취미가 언제부터 종합 검진을 받는 게 되어버렸을까.

정민 아, 남자로 다시 태어나고 싶다~

은주 왜, 술 먹고 아무데나 오줌 누고 그러게?

정민 설마. 오줌 아무 데나 누려고 남자로 태어나고 싶을까.

주영 어린 시절에 뭐가 되고 싶었던 걸까, 나. 다 잊어버려서 기억이 안 나.

은주 생각해본지가 오래됐다, 꿈같은 거.

정민 아, 생각났다. 야구감독. 야구감독.

은주 야구 감독?

정민 어. 나 어렸을 때 야구감독 되고 싶어 했었어.

은주 웬 야구감독?

정민 그게 말이야, 잘 기억은 안 나지만… 껌 뱉는 게 멋있어 보였거든. 왜 감독들은 껌 질경질경 씹다가 경기가 잘 안 풀리면 껌을 바닥에 뱉잖아. 침도 뱉고. 어렸을 때는 그게 되게 멋있어 보였거든. 선글라스도 끼고. 그리고 손으로 코 만지고 팔 만지면서 사인을 하잖아. 이게 정말 해보고 싶었거든. (흉내를 내보는) 마치 세상에 보내는 내 자신만의 메시지 같았다고나 할까.

주영 그러고 보니까 나는 전투기 조종사가 되고 싶어 했었던 것 같아. 파일럿. 그런데 여자는 군대에 갈 수 없다는 얘기를 선생님한테 듣고 포기했던 것 같아.

은주   난… 남자 고등학교의 양호선생님 되고 싶었어.

        웃는 그녀들.

주영   부진인 뭐가 되고 싶었니?
부진   야구 하니까 생각나는 게 있는데요, 저 야구 투수가 되고 싶
        었던 적이 있었어요, 아주 잠깐 동안이긴 하지만. 박찬호가
        메이저리그에 나갔을 땐데 공 던지는 폼이 넘 특이했거든요.
정민   아, 기억난다. 그 따라 하기도 힘든 투수폼 말 하는 거지? 왼
        발을 머리까지 올리는.
부진   네. 나도 투수가 되면 저렇게 공을 던져야지, 하고 자주 생각
        했던 것 같아요.
은주   박찬호가 어떻게 공을 던졌는데?
부진   이렇게 발을 올려서, 정지하고 돌려서 던진다. 이렇게.

        은주가 따라해 보지만 꽤 어렵다.

은주   다리가 짧아서 잘 안 된다.
주영   우리가 남자가 될 가능성은 몇 프로일까?
정민   없지. 영프로.
주영   우리가 뭔가를 새로 시작하게 될 가능성은?
은주   제로거나 혹은 무한대거나.
주영   우리가 무한한 가능성에 대해 의심하게 된 때는 언제부터였
        을까?
은주   글쎄… 희미하긴 하지만, 아마 우리가 어리지 않다고 생각했
        던 때 아닐까.
정민   그러니까 그런 생각을 하게 된 최초의 그때가 언제냐 이거지.

우리한테 무한한 가능성 따윈 없다, 라고 최초로 생각하게 된
그 때.

주영   언제부터였을래나.

은주   언제부터였을래나.

노을이 지는 바다를 보는 그녀들.
부진이 박찬호의 투구폼으로 공을 던지는 시늉을 해본다.
정민이 부진을 따라 박찬호 투수의 폼을 흉내내본다.
주영과 은주도 정민과 부진을 따라서 박찬호의 투구폼을 흉내 내며
바다에 뭔가를 던져본다.

다른 한 쪽에서 웅기가 일어나서 투구폼을 잡아본다.
그리곤 바다를 향해 힘차게 야구공을 던진다.

그들 다섯은 그렇게 투수의 폼으로 바다를 바라보고 있다.
갈매기 소리, 눈부신 태양. 파도 소리.

6장

Christmas 이브.
지방의 한 알콜 중독 치료소.
라디오에서 흘러나오는 크리스마스 이브의 날씨 예보.

라디오 (앵커) 1년 중 그 어떤 날보다 가장 기다리게 되는 크리스마스가 하루 앞으로 다가왔습니다. 크리스마스이브인 오늘 올 겨울 들어 가장 추운 날씨 보이고 있는데요, 내일은 오늘 보다 더 춥겠고 서해안 지방에는 눈 소식이 있습니다.
(리포터) 조수현 기잡니다.
성탄 연휴, 무조건 든든한 옷차림하셔야겠습니다. 연휴 내내 매서운 한파가 기승을 부리겠습니다. 서해안 지방은 눈이 내리면서 화이트 크리스마스가 되겠습니다. 곳곳에 한파특보가 내려진 가운데 올 겨울 들어 가장 낮은 기온 기록한 곳 많은데요, 서울 영하 8도를 비롯해 한낮엔 전국이 영하권에 머물면서 종일 춥겠습니다. 추위는 성탄절인 내일도 이어져 오늘보다 더한 한파가 예상됩니다.

요양소 환자복을 입은 승범이 크리스마스 이브의 위문 공연 행사를 준비하고 있다.
짧게 머리를 자른 승범.
위문공연 현수막을 무대에 걸고, 간의용 의자들을 스테이지 아래쪽에 갖다놓고 있다.
승범은 무척 기운이 없어 보이고, 멍해 보인다.

공연 스테이지 뒤쪽에서 마이크를 통해 웅기의 목소리가 흘러나온다.

웅기 술 보다 더 강력하고 마약보다 더 중독성이 강한 것은 사랑이
라고 하지요. 소주보다는 소맥이, 소맥보다는 폭탄주가 더 강
력하다고 하죠. 하지만 그것보다 더 강력한 것은 우정이라고
하지요.
여기 계신 분들은 사랑과 우정에 대해 어떻게 생각하시나요.

인생은 무엇일까요. 인생은 술이다, 라는 말이 있지요.
진한 술은 맑은 물보다 좋다 – 법화경
술이 들어가면 지혜가 나온다 – 존 허버트
술은 행복한 자에게만 찾아온다 – 존 키츠
오늘날 진실을 이야기할 기분이 되기 위해서는 취해야 한다
– 프리드리히 뤼케르트
술 속에 진리가 있다 – 에라스무스

진리를 찾다가 여기까지 오신 분들 참 많죠? 제 친구 녀석도
진리를 찾다 여기에 와 있습니다. … 진리를 찾다 힘든 시간
을 보내고 계신 여러분께, 지금부터 힘이 되는 음악 들려드리
겠습니다. 그럼 시작하겠습니다.

멘트 *한국최초 여자헤비메탈 밴드, 파격과 광란. 모든 알콜 중독자
들을 지옥으로 데려갈 지옥의 엔젤들. 의사와 간호사도 빨리
와서 구경 하시오.
당신들의 영혼을 불타는 구덩이 속에 영원토록 집어던지게
만들 음악이 펼쳐진다. 자, 준비하시라. 지옥에서, 그들이 찾
아온다, 지옥의 엔젤들~*

헤비메탈 밴드 특유의 현수막이 펼쳐지면서 헤비메탈 복장을 한 보컬 주영, 기타 정민, 베이스 은주, 야구방망이를 든 부진이 등장한다. 그리고 기타를 든 웅기도 등장한다.

그녀들의 폭발적인 헤비메탈 연주가 시작된다.
크리스마스 캐롤 중 '울면 안돼'를 데스메탈 버전으로 바꾼 음악이다.

승범이 의자에 앉아 자신들의 친구를 바라보고 있다.
연주와 퍼포먼스는 클라이맥스를 향해 나아가고, 승범은 의자에서 일어나 헤드뱅잉을 하기 시작한다.
그들 모두는 헤드뱅잉을 하기 시작한다.

부진   (내레이션. 야구방망이를 들어 보이며) 이게 뭐냐구요? 제 악기입니다. 두들기면 소리가 나죠. 이제 저는 37살이 됩니다.
전 늘 제 인생이 불안하기만 했습니다. 불안해서, 왜 나는 늘 불안하기만 한 걸까, 하고 늘 생각했었습니다.
회사에 들어가기 위해 노력할 때도 불안했고,
그 회사에 입사했을 때도 불안했고. 늘 회사를 다니면서도 불안했습니다. 뭐 때문에 나는 그렇게 불안하기만 했던 것일까요. 이렇게 불안한 채 젊음이 다 흘러가버려도 괜찮은 건지…
50살에도 나는 불안할까요?
정말로 인생에서 중요한 것을 찾고 싶습니다.
정말로 중요해서 누가 뭐래도 절대 흔들리지 않는 그런 것.
내가 이대로의 나 자신이어도 불안해지지 않는 것.
나는 날마다 더 단단해지고 튼튼해지고 있습니다.
더 강해지고 있습니다. 내가 원하는 것은 내 자신의 인생이라고 말할 수 있는 인생이고, 그 인생을 찾을 때까지 포기하지 않고 달려갈 것입니다.

인생에서 나에게 중요한 것을 찾기 위해 나는 계속 달려갈 것입니다.

부진이 힘차게 야구방망이를 휘두른다. **깡~**

뜨거운 태양빛이 부진에게 내리쬔다.

-eNd-

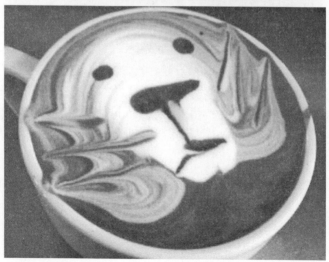

난 나를 결코 포기하지 않을 거예요!

안녕 후쿠시마

さようなら 福島

등장인물

바리스타 – (남자, 38살)

여자 – (28살, 일러스트 지망생)

나츠미 – (아키모토 나츠미, 여자, 일본인, 40살)

민수 – (28살, 남자손님)

형석 – (남자, 29살, 커피용품 납품업체 직원, 데스메탈 뮤지션)

무진 – (남자, 28살, 형석의 후배, 데스메탈 뮤지션)

아카타 – (남자, 36살, 바리스타의 일본친구)

네 개의 테이블이 있는 '카페 라푸푸(CAFE LAPUPU)'
여자(28살, 일러스트 지망생)가 구석 테이블에 앉아서 냅킨에 그림을
그리고 있다.

- 영상을 통해 세계 각국의 커피숍 전경들이 스크린을 통해 보여지
고 커피를 마시는 세계 각국의 사람들의 웃는 모습들이 보여진다.
음악과 함께 세계 각국의 커피숍 풍경과 여유로운 시간들이 카페 라
푸푸로 흘러들어오는 듯하다.

바리스타는 손님을 맞기 위한 여러 가지 준비를 하고 있다.

'카페 라푸푸'는 지하처럼 계단을 내려와야 입구가 있다.
깊은 지하는 아니고, 한쪽이 언덕처럼 약간 경사가 져서 생긴 지
하다.
12개의 계단을 내려오면 햇볕이 잘 들어오는 카페 라푸푸의 문이
있다.
이 카페는 이곳에 10년간 있었다.

바리스타 이 카페의 이름은 '라푸푸'입니다. 라푸푸. 랄랄라, 푸푸푸,
푸하하하하…
이 카페를 오픈 한 것은 10년 전, 제 나이 28살 때입니다. 지
금은 어느덧 38살이 되었습니다.
저는 23살 때 군대를 제대하자마자 이탈리아로 가서 바리스
타 공부를 시작했습니다. 그때 함께 공부했던 친구들이 세계
각지에서 바리스타의 삶을 살아가고 있습니다.

세계 각지에서 바리스타로 살아가는 외국인 친구들 사진들이 스크린

에 영사되어 보여진다.

바리스타는 그리운 듯 친구들의 사진을 바라보며, 친구들의 이름을 불러본다.

바리스타 량 쯔엔, 로저, 조엘, 리안, 아이쉬와라, 안드레아, 아타울라만, 루카스, 아카타… 아카타 야스히로…

(아카타의 사진에서 잠시 멈춘다) 아카타는 제 룸메이트였습니다. 우리는 처음부터 죽이 잘 맞는 친구였죠. 각자 고향에 돌아간 후에도 자주 연락했고, 아카타는 여자친구와 두 번이나 한국에 방문했습니다. 저는 아카타의 집이 있는 후쿠시마로 신혼여행을 갔습니다. 아내와 함께 바닷가를 거닐고 밤이면 아카타 커플과 바비큐를 해 먹으며 밤하늘의 별도 봤습니다. 후쿠시마현 미하루에 있는 1000년 된 벚나무도 보러갔었죠. 늙은 가지가 지탱하기 힘들만큼 흐드러지게 핀 벚꽃을 보며 우리도 저렇게 오랫동안 행복하게 살자는 약속도 했습니다. 아카타는 지금 어떻게 지내냐구요? 그 친구는 지금 알래스카에 있을 겁니다. 얼마 전 알래스카에서 아카타의 농구공이 발견됐거든요. 동일본 대지진으로 쓰나미가 후쿠시마를 덮쳤을 때, 어린 시절 갖고 놀던 농구공이 휩쓸려 바다를 떠돌다가 알래스카까지 간 겁니다. 누군가 농구공을 사진으로 찍어 SNS에 올렸고, 아카타는 송두리째 떠내려간 자신을 건지러 먼 곳까지 날아간 거죠.

(사진을 보며) 보고 싶다, 아카타!

다음 사진이 보여진다. 젊은 태국 아가씨의 사진이다.

다시 그 사진 위로 바리스타의 시선이 머문다.

핌차녹 레우위셋파이분 (Pimchanok Leuwisetpaiboon)

바리스타 핌차녹 레우위셋파이분, 이게 그녀의 이름입니다. 제 첫사랑. 그녀는 태국에서 바리스타로 살아가고 있습니다. 몇 년 전 방콕에 대홍수가 났을 때, 저는 너무 놀라서 무작정 전화를 했었죠. 그랬더니 그녀는 호탕하게 웃으며 걱정 말라고 하더군요. 그녀의 작은 카페가 홍수로 물에 잠겼을 때도 그녀는 물이 빠지면 다시 돌아와 커피를 만들면 된다며, 걱정하지 마… 하고 말했습니다. 하지만 그녀의 카페는 다시 오픈하지 못했습니다. 지금 그녀는 대형 커피숍에서 바리스타로 일하고 있습니다. 지금도 여전히 자신보다는 저를 더 걱정해주고 있습니다. 제가 5년 전 아내를 잃고 고통스런 나날을 보내고 있다는 것을 그녀도 알고 있기 때문이죠. 그러던 어느 날 그녀에게서 전화가 걸려왔습니다. 결혼했다는 전화였어요. 아니, 결혼을 한다는 전화도 아니고, 결혼을 했다는 전화를 그렇게 불쑥 하다니. 저는 한동안 잠을 이루지 못했습니다.

(첫사랑, 핌차녹 레우위셋파이분의 남편의 사진이 보여진다)

이게 그녀의 남편입니다. 정말 실망입니다. 방콕 대홍수 때 물에 잠긴 도시를 빠져나가다 우연히 만났던 사람이라고 합니다. 빌어먹을 대홍수! 저는 실망했습니다.

핸드폰으로 어딘가로 전화를 거는 바리스타.
스크린이 첫사랑의 얼굴 일러스트를 비춘다.

바리스타 (태국어로 말하다가 흥분해선) 야, 넌 어떻게 이렇게 못생긴 남자와 결혼할 생각을 다했냐. 너 나 볼 때마다 못생겼다고 그렇게 놀리더니. 어떻게 나보다 더 못생긴 남자와 결혼을 하냐구. 정말 실망이다. 나 너한테 정말 실망했어! 내가 더 못 생긴 거냐, 니 눈에? 그 남자보다 내가 못생겼어? 불공평해. 불공

평해. 정말 싫어. 왕짜증. 끊어!

전화를 끊는 바리스타.
미소 지으며 첫사랑 핌차녹 레우위셋파이분을 바라보는 바리스타.

바리스타 그녀는 아이 엄마가 되었습니다. 엄마로 살아가는 그녀를 상상할 때마다 시간은 정말 눈 깜빡할 사이에 흘러가고 있는 게 아닐까, 하는 생각을 하게 됩니다.

여자 여기요.

바리스타 (눈을 가만히 세 번 깜빡여보는) 얼마나 시간이 지난 걸까요?

여자 저기요.

바리스타 (눈을 계속 깜빡이는) 이러다가는 늙어 죽겠죠?

여자 여기요!

바리스타 10초도 안 지났군요

여자 저기요.

바리스타 (혼잣말) 이 원근감이 확실한 호명. 여기요~ 저기요~~

여자 여기요~

바리스타 네.

여자 뜨거운 물 좀…리필 해주세요.

바리스타 네.

바리스타, 뜨거운 물이 담긴 드립포트를 들고 여자에게 걸어간다.
뜨거운 물을 여자의 핸드드립커피 용기에 따라준다.
조리대쪽으로 돌아오는 바리스타.

여자 여기요.

바리스타 네.

여자   시원한 물도 좀 주세요.

바리스타 네.

냉장고에서 시원한 물을 꺼내, 컵에 담고 레몬을 띄운다.
컵을 그녀에게 가져다준다.
바리스타가 가져다준 물을 조금 마시더니…

여자   저기요. 이 물 안 시원한데요.

바리스타 (바 쪽으로 가려다 어쩔 수 없다는 표정이 되어 뒤돌아 쳐다본다)

여자   (컵을 뺨에 대고 있다가 바리스타에게 건네며) 뺨에 대봐요.

바리스타 (자신의 뺨에 대본다) 이건 따뜻한 물인데요. 시원한 건 이겁니다.

여자   이 물에서 수돗물 맛이 나요.

바리스타 (냄새를 맡아보다 마셔보는) 아무 맛도 안 나는데요? 레몬 맛만 나는데…

여자   수돗물 맛 없애려고 레몬 띄운 것 아니에요? 맞죠?

바리스타 설마… 제가 물 값을 아끼겠어요, 커피숍에서? 레몬 값이 더 들겠다. 그리고 요즘은 수돗물도 먹을 만해요, 아리수. 다시 마셔보세요.

여자   (마시려다가) 컵에서 걸레 냄새나요.

바리스타 저희는 걸레 안 씁니다. 살균 소독합니다.

여자   입 댔잖아요. 바꿔주세요.

바리스타 네.

바리스타, 뜨거운 물이 담긴 드립포트를 들고 여자에게 걸어간다.
뜨거운 물을 여자의 핸드드립커피 용기에 따라준다.
조리대쪽으로 돌아오는 바리스타.

여자는 물을 다 마신다.

바리스타는 자리로 돌아와 핸드드립 커피를 내릴 준비를 한다.

전기포트의 물을 끓이고, 3개의 필터를 각각의 드리퍼에 끼우고, 원두를 갈고, 원두가루를 드리퍼에 넣는다.

드립포트 안의 뜨거운 물을 용기에 조금씩 부으며 맛있는 커피가 만들어질 때까지 기다린다.

바리스타가 커피숍 음악 play한다.

그 사이 한 남자가 들어온다.

그는 이어폰을 꽂은 채 커다란 가방을 어깨에 메고 노트북 가방까지 들고 있다.

민수　안녕하세요?

바리스타　어서 오세요.

바리스타에게 인사를 건네고 여자의 맞은편 구석 테이블에 가서 앉는 남자. 그는 28살의 민수다.

늘 앉는 자리가 그곳인지 민수의 발걸음이 익숙해 보인다.

바리스타도 늘 출근도장을 찍는 사람을 대하듯 익숙한 눈인사를 건네고는 새로운 커피통에서 갈아놓은 커피를 드리퍼에 넣는다.

바리스타　(드리퍼에 물을 부으며) 에티오피아 아리차… 방금 들어온 저 손님이 마시는 커핍니다. 벌써 두 달째 하루도 거르지 않고 찾아오는 손님이죠. 근처에 여자친구가 일하는 사무실이 있다고 하는데, 어찌나 바쁜지 남자친구랑 점심도 못 먹을 정도라는군요.

132

저 손님은 취업준비생입니다. 여자친구를 기다리며 이력서를 쓰고 고치고 다시 쓰고 또 고치고, 그러면서 셀 수 없이 면접도 봅니다.

어느 날 저한테 묻더라구요. 자신의 꿈은 취업을 하고 서른 살에 여자친구와 결혼을 해서 이쁜 딸을 낳아 행복하게 사는 건데, 꿈이 너무 커 보이냐고 말이죠.

전 대답을 못하고 얼버무렸습니다. 평범하고도 당연하다고 생각되는 일상이 꿈이 되어버리고, 그마저도 너무 원대하다고 느껴야 하는 현실을 이해하고 싶지 않았기 때문입니다.

저 손님의 꿈을 위해 커피에 서울대 졸업장이라도 타주고 싶은 심정입니다.

그 사이 민수는 노트북을 책상에 세팅하고, 책이며 필기구, 스마트폰 등을 꺼내 놓는다.

그리고는 이력서를 쓰기 시작한다.

바리스타는 방금 내린 '에티오피아 아리차'를 민수의 자리에 갖다 준다.

민수   (이어폰을 빼고는) 감사합니다. (향기를 맡고) 그거 아세요? 현지에서 마시는 아리차 수세식은 단맛이 식혜보다 100배나 된대요.

바리스타 아, 그런가요?

민수   아프리카에 가보신 적 있으세요?

바리스타 아니요.

민수   과 동기들이 에티오피아로 봉사활동을 다녀온 적이 있는데요, 거기선 집집마다 전통적인 방법으로 물에 씻어서 정제한 커피를 끓여 먹는다네요. 커피체리를 씻고 껍질을 까고 일일이 골라내고… 손이 많이 가나 봐요.

바리스타 (웃으며 커피를 가리키는) 이건 기계의 손을 빌려서 정제한 거지만 맛은 나쁘지 않아요.

민수 (한 모금 마시고) 맛있어요. (노트북 화면을 보여주며) 이거요 어젯밤에 수정한 건데 봐주실래요?

바리스타 (민수의 이력서를 본다)

민수 어학연수나 봉사활동 경력이 없어서 걱정이에요.

바리스타 여기 집짓기 봉사 써 있는데?

민수 국내잖아요… 아프리카로 봉사가려면 참가비가 얼만 줄 아세요?

바리스타 …

민수 (온몸으로 엄청 비싸다는 걸 표현한다)

바리스타 취미를 농구로 바꿨네요?

민수 운동을 하나 넣는 게 좋을 거 같아서요.

바리스타 농구는 회사 사람들하고 할 일이 별로 없잖아요. 한 때 청소년 축구팀의 선수였다거나 족구에 천재적인 감각을 타고나서 공이 자석처럼 발에 착착 붙는다고 하면 모를까. 그럼 야유회 때라도 인기 많잖아요.

민수 그러네요.

바리스타 자기소개서도 소설처럼 써요. 끝까지 읽어보고 싶게.

민수 저번에 얘기해주셔서 고친 건데…

바리스타 과장을 해야죠.

민수 더 많이요?

바리스타 훨씬 극적이게.

민수 드라마틱하게요?

바리스타 거짓말 좀 보태서. 아니 많이 보태서, 아침드라마처럼.

민수   사실 지금도 스펙은 뻥이 좀 있는데.

바리스타   그 뻥을 더 크게 뻥튀기 하는 게 이력서 쓰기다, 그렇게 생각
          해봐요.

민수   (이력서를 보며) 학교도 못 고치고…, 외국어 점수도 못 고치
          고…, 자격증이랑 스펙도 증빙자료가 필요하고… (힘 빠진 듯
          바리스타를 쳐다본다) 어디서 뻥을 쳐야 할까요?

바리스타   인생그래프. (요동치는 인생그래프를 손으로 그려 보이며)

민수   (뭔가 말하려는데)

바리스타   잠깐. 평범하게 살았다고 말하려고 했죠.

민수   어떻게 아셨어요?

바리스타   평범한 삶은 없어요. (이력서의 이름을 확인하고) 서민수만의 삶
          이 있을 뿐이지.

민수   와~

바리스타   그걸 어필해 봐요. 되게 성실해 보이는데.

민수   감사합니다. (감격해서) 제가 홀 청소라도 할까요? 아니면 남자
          화장실 청소라도.

바리스타   이력서 마저 써요. 근사하게!

민수   취업하면 사장님 은혜 잊지 않을게요.

여자   저기요, 커피 리필 좀 해주세요.

바리스타   (민수에게, 하지만 여자에게 들으라는 듯) 커피는 한번만 리필 되
          는 거 아시죠? 드시고 필요하면 말씀하세요.

민수   감사합니다. (다시 이어폰을 끼고 이력서를 쓴다)

여자   저기요.

바리스타   (그제야 쳐다보는)

여자   조금 있다 커피 새로 내리실 거잖아요. 남는 거 있음 리필 좀
          해주세요. 단골이니까.

바리스타   네에~ 단골이니까요.

주방 카운터 쪽의 자리로 돌아오는 바리스타.
커피를 내린다.

바리스타 (드립포트의 뜨거운 물을 용기에 부으며) 향이 어떠신가요? 이 원두는 제 친구 호나우다가 브라질에서 보낸 원두입니다. (또 다른 테이블의 핸드 드립 기구에 뜨거운 물을 부으며) 이건 포르투갈에서 온 원두에요. 이건 콜롬비아… 친구들의 냄새. (갈린 원두를 드리퍼에 넣고, 뜨거운 물을 부어주며 냄새를 맡는다) 이게 제 친구들의 냄새입니다. 여기 이 멕시코원두를 보낸 녀석은 정말 겨드랑이 냄새가 엄청 심한 녀석이었는데. 바리스타 자격증을 따기 한 달 전 겨드랑이 수술을 했죠. 우린 그 녀석을 겨드랑이 냄새 대마왕이란 뜻에서 암내수이라 불렀어요. 암내수이. 명품이죠. 지금은 전혀 그 냄새를 맡을 수가 없게 돼서… 좀 서운하기도 합니다. 왠지 젊은 날의 강력한 추억 하나를 잃어버린 듯한 느낌이 든다고나 할까요. (자기 겨드랑이 냄새를 맡아보는 바리스타) 그 친구가 그립군요.

드립포트를 들고 여자에게로 가서 커피를 따라준다.

여자 (무척 기뻐하며) 감사합니다.

민수가 여자의 잔에 커피를 따르고 있는 바리스타를 뚫어지게 쳐다보고는 다시 글을 쓰기 시작한다.
바라스타는 바 쪽으로 돌아오다 말고 카페로 내려오는 계단을 쳐다본다. 계단을 센다.

바리스타 하나 둘 셋 넷 다섯 여섯 일곱 여덟 아홉 열 열하나 열둘

여자 저 저기요, 여기…

바리스타 (못 들은 척)

여자 저 저기요.

바리스타 (못 들은 척)

여자 여기요!

바리스타 저 진상손님을 정말 모른 척 하고 싶습니다.

(그제야 손님의 소리를 알아챘다는 듯) 네.

여자 음악 신청해도 되나요?

바리스타 어떤 음악을 원하세요?

여자 흠흠… you…

바리스타 베리 매닐로우의 can't smile without you 요?

여자 어떻게 알았지? 감사합니다.

바리스타 저 여자 진상 손님은 아침 일찍 와서 거의 영업시간 끝날 쯤에야 갑니다. 점심과 저녁식사는 김밥천국에서 사온 김밥을 먹습니다. 아마 3초 후면 김밥을 먹기 시작할겁니다. 보세요. 3. 2. 1.

여자 (알루미늄 오일에 싸인 김밥을 꺼내 바리스타가 잘 볼 수 없는 각도에서 하나씩 야금야금 입에 넣는다)

바리스타 그냥 편하게 먹으면 좋을 것을. 일부러 제가 그쪽을 안 보는 척 하는 게 더 힘듭니다.

여자가 김밥을 먹다가 바리스타 쪽을 본다.

바리스타, 시선을 잽싸게 피하곤 딴 일을 하는 척 한다.

여자가 김밥을 먹다가 갑자기 목이 막혔는지 켁켁거린다.

여자 저기 저기 여기 여기 저기.

바리스타 (물과 냅킨을 한 움큼 들고 간다)

여자   (물을 꿀꺽꿀꺽 마신다)

바리스타   (테이블 위에 여자의 입에서 튀어나온 김밥재료들과 커피가 어질러져 있다) 닦아 드릴까요?

여자   (물을 마시며) 아뇨. 됐어요. 감사합니다.

바리스타   (관객에게) 아주 조금 김밥이 튀고, 물을 조금 흘렸는데, 왜 이렇게 많은 냅킨을 주냐구요. 그녀를 보세요. 냅킨에 뭐가 그리 할 말이 많은지… 온통 낙서를 하고… 그림을 그리고… 저기 벽 한 면을 다 채웠습니다. 여기 이것들이 다 그녀가 그린 그림과 낙서들입니다. 우리집인데… 완전 질려버렸습니다. 참 이 여자 대단한 근성을 가진 진상손님입니다.

카페 한 벽면이 그녀의 그림들로 가득하다.

민수가 이어폰을 빼고 자리에서 일어나 바(Bar) 쪽으로 다가온다.
바위에 놓인 유리물병에서 물 한 컵을 따라 자리로 돌아가는 민수.
냅킨을 깔고 물잔을 내려놓은 후 다시 이어폰을 꽂고 작업을 계속한다.

바리스타   저 두 사람이 매일 찾아오는 손님인데도 왜 한 명은 진상손님이고 다른 한 명은 단골인지 아시겠죠?

여자의 낙서와 그림을 바라보는 바리스타.

바리스타   (냅킨에 그려진 그림들을 보면서) 저는 5년 전에 아내를 사고로 잃었습니다. 2년 동안은 너무 힘들어서 이 카페도 폐업을 하고 …정처 없이 떠돌아다녔습니다. 커피도 끊어버렸죠. 아마 내 인생에서 커피보다 술을 더 많이 마셨던 적은 그때가 처음이었을 겁니다. 완전 알콜 중독에 온갖 사람들한테 화를 내고 별별 진상 짓을 다했죠. 다시는 커피를 만들고 싶지 않을 정도로 커피가 끔찍하게 싫었습니다.

그 때 카페로 일본인 아키모토 나츠미(40살, 여)가 들어온다.
그녀는 딱 봐도 일본여행객처럼 보이며, 여행책자를 들고 있다.
카페를 둘러본다.
바리스타, 그녀를 바라본다.
나츠미짱은 벽에 걸린 그림들과 사진들, 메모지들을 꼼꼼히 살펴본다.
여자와 민수도 나츠미짱의 범상치 않은 행동을 바라보고 있다.

바리스타 저는 결코 손님들이 자리를 잡을 때까지 먼저 인사를 하지 않습니다. 손님들이 갈 때는 가볍게 목례를 하거나 눈인사만을 하죠. 한마디로 저는 인사를 하지 않습니다. 그저 손님한테 커피를 만들어주고 자신만의 시간을 보내다 가도록 그 사람들을 봐줄 뿐입니다.

그리고 그 그림들 속에서 폴라로이드로 찍은 배용준의 사진을 찾는다.
나츠미짱은 배용준 사진과 함께 자신의 모습을 셀카로 찍는다.
그제야 자리를 잡고 앉는 나츠미짱.
여자와 민수도 하던 일로 돌아간다.
바리스타가 메뉴판을 들고 여자에게로 간다.

나츠미짱 (일어) 죄송합니다. 죄송합니다. 제가 너무 정신없었죠.
먼저 커피부터 시켰어야 했는데. 죄송합니다.

	(수미마셴. 수미마셴. 사키니 츄-몬시나캬 이케나이노니.
	난카 캇테니 이로이로 얏챳테… 수미마셴)
바리스타	(묵묵히 듣다가. 일어로) 괜찮습니다. (다이죠-부데수)
나츠미짱	(일어로) 여기를 찾느라 한참 헤맸어요. 간판도 잘 안보이고, 여행책자에도 잘 안 나와 있고, 그런데 내가 상상했던 곳하고 정말 비슷해요. 똑같아요. 감사합니다. 내가 상상했던 곳하고 똑같이 만들어 주어서, 정말 감사합니다.
	(코코 사가수노니 소고이 마욧탄데수.// 간반모 요쿠 미에나쿠테.// 가이드 북 니모 맛타쿠 놋테나쿠테, 데모 와타시가 소-조-시테타 이메-지토 수고이 니테룬데수.// 이메-지도-리데수. 아리가토-고자이마수.// 와타시가 소-조-시테타토오리니 추쿳테쿠다삿테. 혼토-니 아리가토-고자 이마수.//)
바리스타	하하하. 저… 커피는?
나츠미짱	(일어로) 앗. 엣토… 라푸푸 코-히- 쿠다사이. (앗 라푸푸 커피 주세요.) (지갑에서 돈을 꺼내 내민다)
바리스타	(한국어로) 나가실 때 계산하시면 됩니다.
	(일본어로) (오카이케이와 데루토키데 다이죠-부데수.)
나츠미짱	앗. 네. (한국어로) 감사합니다. (돈을 지갑에 다시 집어넣는다) 근데, 일본말 잘 하시네요? 발음이 정말 쩔어요.
바리스타	손님도 한국말 잘 하시는데요. 완전 발음이 쩔어요!
나츠미짱	정말요? 감사합니다. 한국 오기 전에 6개월 동안 한국말 공부했거든요. 오늘 이렇게 한국말 많이 한 거 처음입니다. 아아. 내가 발음이 좋구나~ 와~ 기쁘다~감사합니다. 감사합니다.
바리스타	감사하실 것까지야….

나츠미짱 카페를 둘러보고 수첩을 꺼내 메모를 한다.
바리스타가 원두와 수동식 그라인더를 가져온다.

나츠미짱에게 브라질산 원두를 갈아보라고 시범을 보여준다.
나츠미짱이 원두를 간다.
바리스타 바 쪽으로 가서 핸드드립 용기를 준비한다.

나츠미짱 저…
바리스타 (쳐다본다)

사진을 내밀어 보이는 나츠미짱. (관객들한테도 보이도록)
바리스타, 나츠미짱에게 걸어간다.

바리스타 (사진을 본다) 배용준?
나츠미짱 (과장되게) 배용준. 배용준. 욘사마. 욘사마!!
바리스타 (관객에게) 8년 전에 이곳에 배용준이 잠깐 다녀갔던 적이 있습니다. 한 25분 정도. 커피는 거의 마시지도 않고 이 자리에 잠시 앉아 있다 가버렸죠. 그 25분을 어떻게 알고 일본 관광객들이 찾아오곤 합니다.
나츠미짱 욘사마. (사진을 가리키고) 커피. 후르르. (자신을 가리키고) 후르르륵 (욘사마 같은 미소를 지으며) 역시… 욘사마가 먹었던 커피로 주시면 안 될까요?
바리스타 (고민하는) 네. 알겠습니다. 아. (혼잣말) 그런데 배용준이 무슨 커피를 마셨는지 전 기억이 안 납니다. 아무튼 뭐 커피겠죠.

바리스타, 바 쪽으로 가서 배용준 얼굴이 새겨진 컵에 맥심 커피를 타서 나츠미짱에게 들고 간다.

바리스타 이 커피는 배용준이 광고에 나오는 커피입니다.
나츠미짱 (배용준 컵을 보곤 환호성을 지른다) 욘사마. 욘사마.

(바리스타에게) 감사합니다. 정말 감사합니다. 너무 행복합니다.
너무 멋집니다. 지금 나는 너무 행복합니다.

욘사마처럼 웃으며 나츠미짱을 보는 바리스타.
배용준이 광고에 나오는 테이스터스 초이스 커피광고가 영상을 통해
보여진다.
나츠미짱 감격해서 눈물을 흘린다.
당황해 하는 바리스타.

바리스타 괜찮으세요? 저… 괜찮으세요?
나츠미짱 (더욱 서럽게 울기 시작한다)
바리스타 (냅킨을 가져와 나츠미짱에게 건네준다)
나츠미짱 (울면서- 일어로) 미안합니다. 미안합니다. 정말 미안합니다.
미안합니다.
(얼굴을 감싸 안고 고개를 숙인다.)
(수미마센. 고멘나사이. 혼토 수미마센. 고멘나사이.)

울고 있는 나츠미짱과 당황하고 있는 바리스타를 번갈아 바라보는
민수.
민수, 바리스타를 향해 무슨 일이냐는 듯 어깻짓을 해 보인다.
바리스타도 민수에게 어깻짓으로 모른다는 답변을 해 보인다.

민수 (입모양과 손 모양으로) 파이팅! (다시 작업을 하는)

울고 있는 그녀를 앞에 두고 바리스타가 배용준 사진이 인쇄된 컵에
뜨거운 물을 조금씩 따른다.
나츠미짱, 서서히 고개를 든다.

나츠미짱 냄새가… 냄새가 어떻게 이렇게 좋을 수 있죠! 이게 욘사마의
         향기인가요?

바리스타 아뇨 테이스터스 초이스. 나의 선택.

여자   (질투) 저기요. 여기 좀 깨끗이 닦아 주세요.

남자   (테이블을 치워준다)

여자   (쓰레기를 계속 꺼낸다) 저기요.

바리스타 네?

여자   (째려본다)

바리스타 (당황)

여자   … (고개 숙이며) 아니에요.

나츠미짱, 커피를 한 모금씩 마시며 행복해한다.
나츠미짱의 행복한 시음. 그리고는 여행책자를 꺼내 꼼꼼히 뭔가 체
크하기 시작한다.

민수 시계를 보더니 발딱 일어나 급히 지갑과 휴대폰을 챙긴다.

민수   (테이블을 대충 정리하고는) 저… 잠깐만 나갔다 올게요. (자리만
         비워두고 가서) 죄송해요.

바리스타 다녀와요.

민수 나간다.
곧이어 형석과 무진 들어온다.
커다란 종이상자에 커피용품들을 가득 넣어 들고 오는 형석.

형석   좋은 아침입니다. (상자를 바 위에 올리고 영수증을 내민다)

바리스타 (영수증에 사인하며) 점심시간인데.

형석 좋은 점심입니다 그러면 이상하잖아요. 날씨가 꾸물꾸물한
게 눈 올 것 같아요. 물건들 맞게 왔나 확인해 보세요.

바리스타 맞겠죠.

형석 여직원이 하나 새로 왔는데, 어찌나 정신이 없는지 맨날 하나
씩 빠뜨려요. 안 빠뜨리면 개수가 틀리고. 세금계산서도 제가
다 쓰고 있다니까요.

바리스타 (박스에서 물건들을 꺼내 바 아래에 넣어둔다)

형석 그나저나 아침 드셨어요? (가방에서 샌드위치를 꺼내 바리스타에
게 준다) 요 앞에 샌드위치 전문점 생겼더라구요. 오픈 기념으
로 1+1 행사하는데 생각보다 맛있어요. 드셔보세요.

바리스타 잘 먹을게요.

형석 커피랑 먹으면 더 맛있어요. 참, 이쪽은 제 후밴데 같이 여행
계획을 세우는 중이거든요. 잠깐 앉아있다 가도 되죠?

바리스타 그래요. 커피 한 잔 할래요? 바로 내려줄게.

형석 진짜요? 샌드위치보다 비싼 커피 얻어먹게 생겼네요.

무진 감사합니다.

형석 (테이블 쪽으로 가며) 무진아 여기 커피 맛 끝내준다. 왠지 알
아? 원두를 우리 가게 꺼 안 쓰거든.

형석과 무진 여자가 앉아있는 테이블 쪽으로 간다.
바리스타가 급하게 제지하며 다른 자리를 안내한다.

바리스타 잠깐만. 이쪽으로 앉아요.

형석 아 그럴까요?

남아있는 테이블에 자리를 잡고 앉는 형석과 무진.

형석 잠깐만 있다 갈게요. 가게에 있으면 아버지가 자꾸 일을 시켜서 쉴 수가 없거든요.

바리스타 편하게 있다 가요.

바리스타 다시 바(bar)로 가서 커피를 내린다.

형석 계속 얘기해봐. 그러니까 오키나와는 일본이 아니라구?

무진 일본은 일본인데…

형석 (말 끊으며) 그러니까 일본 같지 않은 일본이란 거잖아. 옛날부터 일본과는 상관없이 자치구로 살았던 곳이라서.

무진 그렇죠.

형석 남자들끼리 가는데 꼭 바닷가 갈 필요 있냐? 스키나 타러가자 온천도 하고. 겨울의 참맛을 느끼려면 스키에 온천이지.

무진 그럼 홋카이도 어때요?

형석 홋카이도? 거기 원전사고 난 데랑 가깝지 않아?

무진 그 정도면 멀걸요. 도쿄보다 먼데.

형석 야 도쿄에 비교를 하냐. 도쿄가 얼마나 위험한데. 저번에 도쿄 놀이터에서 방사능 검출돼서 뉴스에 크게 났었잖아. 분명히 후쿠시마 모래를 갖다가 부려 놨을 거야. 나쁜 놈들. (갑자기) 너 설마 언론이 떠들어대는 방사능 수치 같은 거 믿고 그러냐? 그거 다 거짓말이야.

무진 꼭 믿는 건 아니지만….

형석 (말 끊으며) 아니긴 뭐가 아냐. 내가 이런 자식을 믿고 여행 계획을 짜라고 했다니. 내가 글도 모르는 고양이한테 책 읽고 독후감 쓰라고 한 격이 됐네. 니가 지금 딱 고양이야. 글도 모르면서 책 읽겠다고 막 펼쳐놓고 생선가게 지키는 고양이.

무진 그게 뭐야. 뭔 비유가 그래요.

형석   (말 끊으며) 야 너 아사히 맥주 좋아하지.

무진   예. 맛있잖아요.

형석   거봐. 아사히 맥주도 위험하다니까. 그거 요즘 막 세일하잖아. 세일 왜 하겠냐. 안 팔리니까 하는 거지. 일본 맥주니까. 우리 형수님은 내 첫째 조카 키울 때 다 일본제품 썼거든. 기저귀, 젖병, 장난감 싸그리 다. 그 땐 메이드 인 재팬이면 최고였지. 그런데 지금 둘째 키우면서 어떤지 알아? 원산지가 메이드 인 재팬인가 꼼꼼하게 확인한다니까. 혹시 일본 꺼 있을까봐. 특히 생선이랑 채소 조심해야 돼. 여행 가선 먹는 재미가 최곤데 큰일이다. 너는 일본 왜 가려고 그러냐?

무진   아이! 일본은 형이 가자고 했어요!

형석   여행은 가야지. 내가 일본 얼마나 좋아하는지 너 알지. 도쿄, 오사카 다 내가 사랑하는 도시잖아. 그리고 보니까 추사랑도 도쿄에 사네. 귀여운 사랑이. 아무튼 내 요지는 여행을 가되 방사능을 피해서 가자 이거야. 내가 일본을 좋아하는 것과 일본의 현실은 별개거든. 일본은 안돼. 방사능은 백년이고 천년이고 그대로 간다니까.

바리스타가 커피를 갖고 형석의 테이블로 온다.

바리스타   (커피를 내려놓으며) 일본 여행 가나 봐요.

형석   예. 근데 어디로 갈지 아직 못 정했어요. 너무 흔하지 않으면서 일본스러운 데 어디 없을까요?

바리스타   저분에게 물어봐요.

바리스타가 아까부터 눈을 반짝이며 형석과 무진의 대화를 알아들으려고 노력하는 나츠미짱을 가리킨다.

나츠미짱 (형석과 무진을 향해) 곤니찌와!

형석 (바리스타에게) 일본 사람이에요?

바리스타 (고개를 끄덕인다)

형석 (목소리 낮춰서 무진에게) 야, 내가 좀 전에 일본 욕한 거 맞지.

무진 비슷했죠.

형석 다 알아들었을까?

무진 그랬겠죠.

형석 (나츠미에게) 하이~ 곤니찌와!

나츠미짱 하이~ (일어로) 홋카이도, 도쿄, 오사카. 그 중에 어디로 여행 가세요?

형석 아이 돈 노 제패니스.

나츠미짱 (한국어로) 한국 사람들 홋카이도 도쿄 오사카 여행 많이 가요.

형석 와~ 한국어 잘하시네.

형석에게 전화가 온다.

형석 (반갑게) 아이쿠 전화가 왔네. 잠시만요. (받고) 예 아버지. 라푸 푸에 물건 갖다 주러 왔다니까요. 알았어요. 무진이랑 같이 점심 먹고 들어갈게요. 지금요? 예… (전화 끊는)

무진 오래요?

형석 가봐야 할 거 같은데… (나츠미짱에게 한국말로 또박또박) 반가웠어요. 아버지한테 전화가 와서 가봐야 하거든요. 여행 잘하고 가세요. 여행 온 거 맞으신가요? 애니웨이 아이러브 재팬, 아이러브 재패니스. 아베랑 한류를 혐오하는 일본인들 빼고, 아이러브 재패니스.

나츠미짱 (웃는다)

형석 (일어나며) 사무실 들렀다가 밥 먹으러 가자. (무진에게) 야 커피

아까우니까 완샷 해. (자신의 커피를 완샷하고) 앗 뜨거. (머그컵을 들고 주방에 갖다 주며) 참, 물건 확인하셨어요?

바리스타　냅킨이 빠졌어요. 냅킨은 없으면 안 되는데.

형석　이렇다니까요. 밥 먹고 갖다 드릴게요.

무진　커피 잘 마셨습니다.

바리스타　예.

형석　(나츠미에게) 사요나라.

형석과 무진 나간다.
바리스타는 형석과 무진이 앉았던 테이블의 의자를 정리한다.
커피를 마시던 나츠미짱, 가방에서 지도를 꺼내 펼쳐 보이며 바리스타에게 묻는다.

나츠미짱　아노, 스미마셍

바리스타　네

나츠미짱　(일어로) 여기 가려면 어디로 가야하나요? 제가 여기 여기 여기에는 갔었는데, 배용준을 만나지 못했습니다. 배용준이 여기 여기 여기에서 촬영을 했고, 여기에서 밥을 먹고 여기에서 화장실 가고 여기에서 침 뱉고, 여기에서 쇼핑하고 그랬다고 하는데 여기 여기 여기 가려면 어떻게 가야하나요? 저는 여기에 꼭 가야 합니다.

(아노. 코코니 이쿠니와 도코니 이케바 이인데수카?// 와타시가 코코토 코코니와 잇탄데수가, 배용준니와 아에나캇탄데수.// 배용준가 코코토 코코데 사추에이오 시테, 코코데 고한오 타베테. 코코데　토이레니 잇테, 코코데 추바오 하이테, 코코데 숏핑구오 시타라시인데수가, 코코토 코코토 코코니 이코-토시타라 도우 이케바 이인데수카?// 와타시. 젯타이 코코니 이카나캬 나라나인데수//)

바리스타 (진지하게 듣다가, 한국말로) 모르겠는데요.

나츠미짱 なに?

바리스타 일본말을 모르겠다구요.

나츠미짱 아. 하. (간절한 눈빛으로 바리스타를 바라본다. 한국말) 전 꼭 배용준 만나야 합니다. **에또 소레토~**

바리스타 (간절한 눈빛을 외면하지 못하고. 그림을 그리고 있던 여자를 부른다) 저기요.

여자 (모른 척)

바리스타 저기요!

여자 (바라스타 쪽으로 고개를 든다)

바리스타 (여자에게 다가간다) 일본어 잘 하시죠? 작업하시는데 정말 방해 안 하려고 했는데… 제가 알기로는 학교 때 일본어 전공으로 알고 있는데.

여자 (바리스타를 바라본다) 그걸 어떻게 알았어요? 제 뒷조사 하고 다니세요?

바리스타 아. 아니요. 저번에 그런 말 하셨잖아요.
아무튼 저 일본인이 뭐라고 말하는 거예요?

여자 배용준이 여기 와서 얼마나 앉아있었고, 화장실은 갔는지, 뭐라고 말 했는지 궁금하고, 이 주변에 배용준이 갔던 식당이나 거리 등이 알고 싶대요. 이 근방에 배용준이 다녀갔던 모든 곳을 알고 싶대요.

바리스타 아하. (나츠미짱에 가서) 배용준이, 여기 이 자리에 앉아서 10분 동안 멍하니 저기를 (천정의 어느 곳) 바라보더라구요. 그리곤 이 테이블 밑에 자기가 씹던 껌을 붙여놓고 갔어요. 만져 봐요. (껌이 만져지는지 놀라워하는) 그만 만지세요. 다른 손님들도 만져야 하니까. 그리고 냅킨에 코를 풀고, 잠시 고개를 숙인 채 저쪽 구석을 또 5분간 바라보다가… 화장실로 갔어요. 그

149

런데 신기한 것은 배용준이 여자화장실로 들어가더라구요. 물론 바로 나와서 남자화장실로 가긴 했지만. 10분 후에 물 내리는 소리가 들렸고, 다시 이 자리에 앉아서 짐을 챙기다가 갑자기, 욕을 하더라구요. (나츠미짱에게 배용준이 이곳에서 어떻게 행동했는지 한국말로 설명 하는데 나츠미짱에게 잘 전달이 되지 않는 듯하다. 여자에게 도움의 눈길을 보내는 바리스타)

여자가 일본어로 말해주면. 그대로 일본어를 따라하며 행동을 옮기는 바리스타. 하지만 바리스타의 일본어는 점점 꼬여가서 무슨 말인지 모르게 되지만, 나츠미짱은 알아듣게 된다.

여자　(일어) 배용준가 코코니 수왓테, 줏분칸 보옷토 아소코오 (천정의 어느 곳) 미추메테이마시타./

바리스타　배용준가 코코니 수왓테, 줏분칸 보옷토 아소코오 (천정의 어느 곳) 미추메테이마시타./

여자　소시테 코노 테-부루노 시타니, 지분가 칸데이타 가무오 쿳추케테 이키마시타.//

바리스타　소시테 코노 테-부루노 시타니, 지분가 칸데이타 가무오 쿳추케테　이키마시타.//

여자　사왓테미테쿠다사이.

바리스타　사왓테미테쿠다사이.

나츠미짱　(껌이 만져지는지 놀라워하는)

바리스타　그만그만

여자　소코마데,

바리스타　소코마데. 소코마데. 다른사람도 만져야하니까.

여자　소레쿠라이니 시테오키마쇼우. 호카노 오캬쿠상모 사와라나이토 이케마센노데.///

바리스타 소레쿠라이니 시테오키마쇼우. 호카노 오캬쿠상모 사와라나
이토 이케마센노데.///

여자 소시테 나푸킨데 하나오 칸데,/

바리스타 소시테 나푸킨데 하나오 칸데,/

여자 시바라쿠 시타오 무이타마마 아소코노 스미오 고훈칸 미추메
테…//

바리스타 시바라쿠 시타오 무이타마마 아소코노 스미오 고훈칸 미추메
테…//

여자 토이레니 이키마시타.///

바리스타 토이레니 이키마시타.///

여자 데모 후시기닷타노와, 배용준가 단시토이레데와 나쿠테, 죠
시토이레니 하잇탄데수./ 모치론 수구 데테키테, 단시토이레
니 이키마시타가.//

바리스타 데모 후시기닷타노와, 배용준가 단시토이레데와 나쿠테, 죠
시토이레니 하잇탄데수./ 모치론 수구 데테키테, 단시토이레
니 이키마시타가.//

여자 춋분고니 미주오 나가수 오토가 키코에테,///

바리스타 춋분고니 미주오 나가수 오토가 키코에테,///

여자 마타 코코노 세키니 수왓테, 니모추오 마토메나가라 큐-니
"욕" 오 시마시타.

바리스타 마타 코코노 세키니 수왓테, 니모추오 마토메나가라 큐-니
"욕" 오 시마시타.

나츠미짱 (한국말로) 욕이요?

바리스타 (한국말로) 네. 욕이요.

나츠미짱 욕?

바리스타 욕! 씨발

나츠미짱 …

바리스타 개새끼.

나츠미짱 ….

바리스타 조까치 (통역을 해달라는 느낌으로 여자를 쳐다본다)

여자 바카.

바리스타 (왠지 욕이라는 느낌이 안 전달된 것 같은 기분이 들어) **이런 쒸 발 놈이.**

여자 바카야로.

바리스타 이런 씨발 **개새끼**를 봤나.

여자 고노바타야로 바카야로.

바리스타 (나츠미짱에게) 따라해 보세요. 뭐 **이런 시발같은 시발**을 봤나.

나츠미짱 (좀 쫄면서) 뭐 이런 시발같은 시발을 봤나.

바리스타 제 눈을 잘 보세요, 표정하고 입모양. 욕할 때는 말보다 그게 더 중요하거든요 뭐 **이런 시발같은 시발**을 봤나.

나츠미짱 ….

바리스타 (여자를 보며 통역 좀 해달라는)

여자 (마땅한 일본말이 생각 안 나고, 한국말로 리얼하게)
뭐 **이런 시발같은 시발**을 봤나.

바리스타 (여자의 욕 뉘앙스에 깜짝 놀라는)

나츠미짱 (리얼하게 감정넣고) 뭐 이런 시발같은 시발을 봤나.

셋이 동시에 뭐 이런 시발같은 시발을 봤나.
이런 시발같은 시발을 봤나.
뭐 이런 시발같은 시발을 봤나.

바리스타 · 여자 (나츠미짱의 욕을 듣고 놀라며 감탄하며) 오우우우우우 **(박수)**

나츠미짱 (욕이 뭔지 느낌을 알았는지) 욕! 욕! 일본에 욕, 이라는 의미의 단어는 없어요. 그냥 나쁜 말. 근데 욕! 한국 나쁜 말. 뭔지 알겠어요.

바리스타 네. 욕이요. 배용준이 짐을 챙기다가 갑자기. 그 욕을 하더라구요.

나츠미짱 어떤 욕을 했어요?

바리스타 그게 뉘앙스가 중요한 데…제가 그걸 흉내는 낼 수가 없을 것 같은데.

나츠미짱 (나츠미짱 스마트폰을 꺼내 녹음 할 준비를 하는) **오네가이시마스**.

바리스타 뭐하는 거예요?

나츠미짱 녹음요.

바리스타 에이. 부끄럽게. 녹음까지. 그리고 다들 실망하시더라구요. 제가 그걸 흉내 내면요.

나츠미짱 (일어로) 부탁합니다. 부탁합니다. 정말 부탁합니다. 오네가이 시마수. 오네가이시마수. 혼토니 오네가이시마수.

바리스타 그게 꼭 욕이라고 할 수 없고…

나츠미짱 (한국말로) 꼭 부탁드립니다.

바리스타 (나츠미짱 앞에 앉는다. 그리곤 집중하고 연기를 하는) 아~ 씨~

나츠미짱 ….

바리스타 (고개를 끄덕이는)

나츠미짱 아~ 씨~

바리스타 아~ 씨~

나츠미짱 (왠지 실망한 듯한)

바리스타 (한국말로) 거봐요. 다들 실망한다니까. 그리고 나서 배용준이 카운터로 와서 현금을 냈어요. 그래서 제가 현금에 사인을 부탁했고, 사인을 받았죠.
(배용준 사인이 들어간 만 원짜리 지폐를 보여준다) 그리고 계단을 올라갔는데 바로 올라가지 않고 이렇게 올려다 보더라구요.

나츠미짱 뭘요?

바리스타 계단이요.

나츠미짱 이렇게요?

바리스타 네. 이렇게.

나츠미짱 얼마나요?

바리스타 네?

나츠미짱 몇 초나?

바리스타 한 5초.

같이 5초 동안 바라보고 1. 2. 3. 4. 5.

나츠미짱 (수첩에 적는다)

바리스타 이치 니 산… 넷 다섯.

여자가 바리스타를 부른다.

여자 저 저기요.

바리스타 (못 듣는다)

여자 저 저기요.

바리스타 (일부러 못 듣는 척 한다)

여자 저 저기요!

바리스타 (쳐다본다)

여자 (케이크 상자를 들어 보이며) 케이크 나눠 드릴게요. 포크하고 앞 접시 좀 주세요.

바리스타 (쳐다본다) 전 케익 안 좋아합니다.

여자 아. 네. 그럼… 저만 먹을 게요.

바리스타 드세요.

여자 포크 좀.

바리스타 그녀가 자장면을 여기서 안 시켜 먹는 게 정말 다행입니다.

바리스타, 포크를 여자에게 가져다준다.
여자가 바리스타를 부른다.

여자 성냥 없어요?

바리스타 성냥 없습니다.

여자 라이터는요?

바리스타 (라이터를 갖다 준다) 돌려주세요.

바리스타 주방으로 가려고 하면.

나츠미짱 스미마셍. 마스타.

바리스타 네?

나츠미짱 여기 사진 좀 찍어도 될까요?

바리스타 네. 찍으세요.

나츠미짱 (배용준의 흔적 하나라도 발견하기 위해 구석구석 사진을 찍기 시작한다)

여자는 케이크에 초를 켜놓고 혼자서 생일파티를 한다.
잠시 눈을 감고 소원을 빈 다음에 소리 없이 박수를 치고.

여자 28살 생일을 축해해.

포크로 케이크를 먹기 시작하는 여자.
민수 함박눈을 맞고 들어온다.

민수 사장님 밖에 눈 와요! 함박눈이에요, 펑펑.

바리스타 왜 이렇게 일찍 왔어요? 점심은요?

민수	못 만났어요. 갑자기 외부 출장을 가게 됐대요.
바리스타	아쉽겠네. 눈도 오는데.
민수	여자친구 취직한 후로는 얼굴 본 날이 손에 꼽아요. 주말엔 연수에 행사에 각종 경조사 챙기러 다니느라 바쁘고. 우리나라 기업들은 왜 그렇게 사람을 혹사 시키는지 모르겠어요. 밥도 꼭 다 같이 먹어야 하고. 마치 왕따 안 당하고 계약 연장하기 위해서 회사 다니는 거 같아요.
바리스타	앉아요. 내가 코코아 한잔 줄게요. 기분이 좀 나아질 거예요. (우유를 데운다)
민수	(바 앞에 앉으며) 지난여름에 이름만 대면 아는 기업에 취직을 했었어요, 계약직으로. 3개월 만에 짤렸는데 아무 소리 못했어요. 수습 과정 3개월을 지켜보고 적성에 맞는 사람과 정식 계약을 하는 조건이었거든요. 두 배수의 인원을 뽑아서 경쟁을 시키더라구요. 살아남으려고 3개월 동안 발버둥을 쳤더니 기력이 다했는지 한 달을 앓았어요. … 사실 여자친구 취직했을 때 제가 너무 힘들어서 진심으로 기뻐해주지 못했거든요.
바리스타	지금부터라도 열심히 기뻐해줘요. 기쁨은 생각보다 빨리 사라지거든요.
민수	퇴근시간까지 기다리려구요. 그동안 힘내서 이력서도 새로 고치고.
바리스타	(코코아를 내민다)
민수	잘 마시겠습니다. (잔을 들고 자리에서 일어서며) 뭐 도와드릴 일 없어요? 퇴근시간까지 기다리려면 시간 많은데. (팔을 걷어 부치며) 밖에 눈이라도 치울까요?
바리스타	그럼 눈사람 만들어서 입구에 세워줘요. 아주 크게.
민수	진짜 크게 만들어 드릴게요. (나가려고 한다)
바리스타	아직 눈도 안 쌓였을 텐데. 코코아 마시고 가요

민수   눈 맞으면서 마실게요. 오랜만에 눈 맞으니까 정신이 바짝 나더라구요. (나가며) 이 동네 눈 모두 모아서 엄청 크게 만들 거예요.

민수, 나간다.

나츠미짱에게 전화가 걸려온다.
잠시 전화기를 바라보다가 전화를 받는다.

나츠미짱   (일본어) … 일본으로 돌아가지 않을 거야. 그래. 돌아가지 않으려 떠난 거야. 후쿠시마후쿠시마후쿠시마… 일본이 나한테 뭘 해줬는데? 모든 것을 빼앗아 갔어. 엄마와 남동생까지. 우리집, 내가 태어난 곳 모두들 빼앗아 갔어. 가족이 갑자기 사라진 기분을 니가 알기나 해? 난 사랑하는 사람 모두를 잃었어. 대지진이 일어나기 전으로, 후쿠시마 원전 사고가 일어나기 전으로 되돌릴 수 있는 사람은 이제 누구도 없어. 나는 절망이야. 날 힘들게 하지마. 너를 사랑 하는 것과 이건 다른 거야. … 제발 그만해! 미안해… **고멘, 혼또 고멘 … 니혼니 모도라나이카라.// 웅 모도라나이 추모리데 니혼 데탄다카라.// 후쿠시마. 후쿠시마. 후쿠시마… 소우. 젠부가. 와타시가 이루 바쇼. 와타시가 이키오 수루 바쇼 젠부가 후쿠시마나노요.//**
… 모우 이이카겐니 시테. 누케다시타이노. 니혼오//
코레이죠- 와타시오 쿠루 시메나이데.// 고멘. 코바야시쿤오 아이시테루노토 코레와 치가우 몬다이나노.// 고멘… 혼토우니 고멘… 와타시가 마타 렌라쿠 수루카라.

157

나츠미짱이 전화를 끊어버리고 테이블에 엎드린 채 괴로워하고 있다.

바리스타 괜찮아요?

나츠미짱 (반응이 없다)

바리스타 우유라도 한 잔 줄까요?

나츠미짱 (반응이 없다)

바리스타 먹고 싶은 거 있으면 말해 봐요. 뭔가를 먹으면 기분이 좋아질 때도 있는데.

나츠미짱 (반응이 없다)

바리스타 (나츠미짱에게) 한국 김 먹을래요? 일본 사람들은 한국 김 좋아하잖아요.

나츠미짱 (고개를 든다)

바리스타 김 좋아하죠? 정말 맛있는 김이 있어요. (주방으로 가서 김을 꺼내오는)

명동에 가보면 일본 사람들 손에 제일 많이 들린 게 바로 요 김이에요.

(접시에 담으며) 한국 사람들은 질겨서 안 먹는 돌김도 일본 관광객들은 얼마나 좋아하는지. 먹어봐요. 진짜 맛있는 거예요. 후쿠시마 원전 사태 났을 때도, 김, 다시마, 미역, 파래 같은 게 얼마나 잘 팔렸다구요. 일본에 돌아가실 때 꼭 맛있는 김으로 잘 골라 사가세요. 맛없는 거 뭉텅이로 속아서 사가지 말고.

나츠미짱 (김만 바라볼 뿐 먹지 않는)

바리스타 내가 술안주 겸 밥반찬으로 먹으려고 산 거예요. 괜찮아요.

나츠미짱 (한 장 집어서 입으로) ⋯ 맛있다 (갑자기 울먹이는) 정말⋯ 맛있다.

(한 장 더 집어 먹으며, 울먹) 정말 너무 맛있어요⋯.

(한국어로) 엄마, 내가 살려고 김을 먹고 있어. 후쿠시마에서 벗어나려고 김을 먹고 있어. 손이 닳도록 씻고 또 씻고, 밤만 되면 안절부절 못하고, 휴식시간, 점심시간, 화장실 깔 때도 매번 옷을 갈아입어… 옷을 매일 매일 세탁해도 불안해서 살 수가 없어. 이 절망감이 사라지지 않는데, 내가 어떻게 살아 있어야 하지? 그래도 살겠다고 먹고 있는 나를 봐 엄마. 나 이렇게 살려고 먹고 있어 엄마… (일본어로) 나 이렇게 살려고 먹고 있어 엄마…나 이렇게 살려고 먹고 있어 엄마….

오카아상. 와타시 이키요우토시테 노리 타베테루요.//
후쿠시마카라 누케다시타쿠테 노리타베테루노.//
테가 수리키레루쿠라이 난도모 아랏테. 수구 마타 아랏테.//
요루니 낫타라 도키도키시테 오치추카나쿠테.//
큐-케이지칸. 오히루노 토키모. 토이레니 이쿠토키모.//
소노 탄비니 마이카이 키가에테….//
후쿠오 마이니치마이니치 센타쿠시테모 후안데 쇼-가나쿠테.//
코노 제추보-칸가 나쿠나라나이노니. 도-얏테 이키테이케바 이이노?//
소레데모 이키요우토시테. 타베테루 와타시오 미테요. 카아상.//
와타시 코우얏테 이키요우토시테 타베테루요. 가아상…//

김을 먹으며 우는 나츠미짱을 바라보는 바리스타와 여자.

바리스타 (여자를 쳐다본다)
여자 살려고 먹는다는데요?
바리스타 살려면 밥을 먹어야지, 김만 먹음 안 될 텐데.

여자   계속 엄마를 부르는데.

바리스타   햇반이라도 사다줄까요?

여자   (일본어로) **다이죠-부데스카?** (괜찮아요?) 다 괜찮아질 거예요.

나츠미짱   (일본어로. 바리스타를 보며) **다이죠-부데수. 수미마셍, 아리가
         토-고자이마수.** (괜찮아요. 감사합니다. 감사합니다.)

         나츠미짱이 일어로 말하면 한 문장씩 여자가 통역해준다.

나츠미짱   우리집은.

여자   우리집은.

나츠미짱   조용하고 아름다운 시골마을이었어요.

여자   조용하고 아름다운 시골마을이었어요.

나츠미짱   어린 시절 산과 바다에서 뛰어 놀던 것이 최고의 자랑이었죠.

여자   어린 시절 산과 바다에서 뛰어 놀던 것이 최고의 자랑이었죠.

         사이.

나츠미짱   (일본어로) **데모… 뉴-스오 미탄데수.** / (뉴스를 봤어요.)

여자   뉴스를 봤어요.

나츠미짱   **지신토 추나미데 와타시노 이에가 나가사레타토키…//** (지진
         과 쓰나미로 인해 우리집이 천천히 사라지는 모습을…)

여자   지진과 쓰나미로 인해 우리집이 천천히 사라지는 모습을….

나츠미짱   **와수레요-토 시탄데수.** / (잊으려고 했어요.)

여자   잊으려고 했어요.

나츠미짱   **와타시니와 도-니모데키나이 코토다카라.//** (내가 어떻게 할
         수 없는 일이니까.)

여자   내가 어떻게 할 수 없는 일이니까.

나츠미짱 와타시와 소노토키 도-쿄-니 이타카라./// 와타시니와 나니
모 데키 나이 죠-쿄-닷타카라./ (난 그때 도쿄에 있었으니까. 난
그 무엇도 할 수 없는 상황이었으니까.)

여자 난 그때 도쿄에 있었으니까. 난 그 무엇도 할 수 없는 상황이
었으니까.

나츠미짱의 일본어는 여기서부터 한국어로 관객에게 들린다.

나츠미짱 난 잊으려고 했어요. 새롭게 시작하려고 죽을 만큼 힘을 내면
서 노력했어요. 결혼도 하려고 했어요. 결혼이 나를 구원해줄
수 있을 거라고 생각했어요. 그런데… 뉴스를 봤어요. 후쿠시
마에서 사라졌던 마을이 태평양에 나타났다고. 뉴스 화면에
어떤 집의 지붕이 스쳐지나갔어요. 파란색과 녹색이 양쪽으
로 칠해져 있는데… 그건… 우리 집의 지붕과 너무 비슷했어
요. 아니 그건 우리집 지붕이었어요. 쓰나미로 떠내려간 우리
집 지붕이 쓰레기더미와 함께 태평양 한 가운데를 떠다니고
있었어요. 그것을 본 순간부터 난 잠 들 수가 없었어요. 가슴
이 터질 것 같고, 죽을 것만 같고. 아무것도 먹을 수도, 움직일
수도 없었어요. 저 지붕을 다시 되찾아야 돼. 우리집 지붕을
다시 되찾아야 돼. 방송국에 전화를 했는데, 그 화면을 정확
히 어디에서 찍었는지 촬영기사도 모른다고 했어요. 신기루
처럼 지붕까지 사라진 거예요. 엄마와 남동생이 한순간에 사
라진 것처럼 그렇게 가버린 거예요.

나츠미짱의 한국어는 여기서부터 다시 일본어로 관객에게 들린다.

나츠미짱 소노토키 큐-니 오모이다시탄데수. (그때 문득 떠올랐어요.)

161

여자　　그때 문득 떠올랐어요.

나츠미짱　오카아상가 욘사마노 환닷탓테./// (엄마가 욘사마 팬이었다는 것을.)

여자　　엄마가 욘사마 팬이었다는 것을.

나츠미짱　이추모 칸코쿠니 잇테미타잇테 잇테타노니./ 아노토키 난데 와타시와 오카아상오 칸코쿠니 추레텟테 아게나캇탄다로우. // 이추모 콘도네, 이츠카넷테, 노바시노바시니 시테… (늘 한국에 가보고 싶어했는데. 그때 왜 나는 엄마를 한국에 보내드리지 못했을까. 자꾸 미루기만 하다가… 자꾸 미루기만 하다가…)

여자　　늘 한국에 가보고 싶어했는데. 그때 왜 나는 엄마를 한국에 보내드리지 못했을까. 자꾸 미루기만 하다가….

나츠미짱　노바시노바시니 시테….

여자　　자꾸 미루기만 하다가….

　　　　사이.

바리스타　이름이 뭐예요?

나츠미짱　나츠미. 아키모토 나츠미에요.

바리스타　나츠미짱. 배용준이 이 테이블에서 3분간 엎드려 있다가 …뭔가 괴로운 일이 있었나 봐요. 그러더니 벌떡 일어나서 화장실로 가서는 10분 동안 나오지 않았어요. 해봐요, 욘사마처럼. 그리고 나와서 욕을 하는 거야. 이~ 씨~

나츠미짱　(고개를 끄덕인다. 가방을 들고 자리에서 일어나 화장실 쪽으로 걸어간다)

바리스타　눈을 감고 한 박자 천천히 생각하는 거예요, 배용준처럼. 무슨 말인 줄 알죠?

나츠미짱　(쳐다보며) 네. 눈을 감고 한 박자 천천히… 배용준처럼.

바리스타 남자 화장실은 안쪽이에요.

나츠미짱 (미소 지으며) 네. 안쪽.

사이.

여자 저기요.

바리스타 (쳐다본다)

여자 저 여기… 일본어 통역도 해줬는데 서비스 같은 거 없나요?

바리스타 서비스 뭐 드릴까요?

여자 라떼에 우유거품으로 그림 그려서 주세요.

바리스타 어떤 걸 그려드릴까요?

여자 뭘 그릴 줄 알아요?

바리스타 하트는 기본이구, 네잎클러버, 집, 토끼, 곰돌이 등등.

여자 부처님이요, 부처님이 그려진 라떼 한잔 주세요.

바리스타 부처님이요? 시간이 좀 걸리는데.

여자 전 시간 많으니까. 괜찮아요.

바리스타 저… 아닙니다. 예전에… 라떼에 그림을 그려달라는 분이 있었는데… 정말 그 분 때문에 수백 개의 그림을 그렸죠, 커피 거품에. 그걸 사진으로 찍어놓은 게 있는데 언젠가 제 실력이 어떤지 보여드리고 싶네요.

여자 (쳐다본다) 라떼 주실 때요, 뜨거운 물도 한 잔.

바리스타 네. 레몬 띄워서.

여자 네. 한 조각만.

바리스타 근데… 뭘 그렇게 그리시는 건가요?

여자 (잽싸게 감춘다, 자신의 얼굴도 숙인다)

바리스타 (당황해서) 아닙니다. 안 볼게요. 안 볼게요. 괜찮으세요?

여자 (어깨만으로 끄덕이는)

바리스타가 바 쪽으로 가면… 여자는 고개를 들고… 다시 그림을 그린다.

여자　(바로) 저….

바리스타　네?

여자　죄송해요.

바리스타　뭐가요?

여자　싫으시죠.

바리스타　뭐가요.

여자　하루 종일 앉아있고.

바리스타　아니에요. 손님이 있어서… 아주 좋아요. 손님이 이렇게 한분이라도 있어야 다른 손님들이 들어오거든요. 손님이 한 명도 없으면 다른 손님들도 힐끗 들여다보고는 그냥 가버리니까, 이렇게 하루 종일 있어 주는 게 절 도와주시는 겁니다.

여자　정말요?

바리스타　(난감) 네….

여자　전기세 물세도 안 나오겠다.

바리스타　전기세 물세 벌려고 커피 파는 거 아니에요.

여자　그럼… 크리스마스 때도 와도 되죠?

바리스타　그건… 좀….

여자　왜요? 제가 있으면 더 손님이 들어온다면서요.

바리스타　그날은 원래 손님들이 많은 날이라….

여자　(실망) …

바리스타　하하. 그래도 오세요, 크리스마스이브에도 오시고, 크리스마스에 오시고, 한 해 마지막 날에도 오시고, 새해 첫날에도 오시고.

여자　(화가 나서) 장난하시는 거죠? 저도 한 해 마지막 날에는 종각에 가야하거든요.

바리스타 여기 있다가 종각으로 넘어가면 되죠, 뭐.

여자 아아 그럼 되겠다. 감사합니다. (좋아한다)

바리스타 (뒤돌아서 표정이 찌그러진다) 괴로운 뒷모습.

바 쪽으로 가서 커피를 만들다가…

스크린 앞으로 가서…

바리스타 (스크린에 비쳐지는 8년 전 라떼들) 그녀가 주문한 라떼들입니다. 그 라떼들에 제가 그림을 그렸죠. 이 그림들은 제가 8년 전에 그렸던 그림들과 같습니다. 그리고 지금 다시 그리고 있죠. 이 라떼는 그녀가 그림을 못 그린다고 선생님한테 혼났던 날 내게 주문한 라떼입니다. 이 라떼는 갑자기 비구니가 되겠다고 말했던 날의 라떼. 그녀가 울 때, 그녀가 공모에서 떨어졌을 때, 단돈 오천 원밖에 없었던 날 주문했던 라떼. 이 라떼는… 그녀는 냅킨에 그림을 그려서 이렇게 만들어달라고 했습니다. 이 냅킨들. 이 냅킨들… 그때는 그걸 몰랐습니다. 그것이 무슨 의미인지를. 2년을, 나는 손님과 바리스타로 그녀를 만났습니다. 하지만 그녀는 그러지 않았던 모양입니다.

여자가 바리스타를 훔쳐보면서… 사진도 찍고… 그림도 그리고 있다.

바리스타가 고개를 들고 보면, 고개를 숙이는 여자.

바리스타가 고개를 돌리면, 고개를 드는 여자.

바리스타 바로 이랬기 때문에 제가 2년 동안 몰랐던 겁니다. 하하. (크게 웃는다)

나츠미짱이 화장실에서 나온다.

말끔한 얼굴 모양이다.

나츠미짱 (씩씩하게) 이제 가 볼게요. (짐을 챙긴다. 하나씩 물건 이름을 부르
면서)

바리스타 네.

나츠미짱 얼마예요?

바리스타 잠시만요. (바 쪽으로 간다)

나츠미짱 (테이블 밑에 있던 배용준이 씹다 붙여놨다는 껌을 떼서 얼른 주머
니에 넣는다)

바리스타 450원입니다.

나츠미짱 450원?!

바리스타 테이스터스 초이스.

나츠미짱 감사합니다.

돈 지불한다.

나츠미짱 안녕히 계세요. (가려고 한다. 그러다… 양심에 찔리는지 주머니에
서 배용준이 씹었다던 껌을 꺼낸다) 스미마셍. 이걸 훔치려고 했
어요. 사장님한테는 소중한 것일 텐데.

바리스타 (나츠미짱의 손에 검께 떼가 탄 껌을 본다) 가지세요.

나츠미짱 네?!

바리스타 드릴게요.

나츠미짱 정말요?! 감사합니다. 감사합니다.

바리스타 단, 조건이 있어요!

나츠미짱 네? 조건이요? 뭔데요?

바리스타 씹진 마세요. 손때가 엄청 묻은 거니까.

나츠미짱 (웃는) 네. 씹지는 않을게요. 그 약속은 지킬게요.

나츠미짱이 카페를 나간다.
바리스타, 주머니에서 껌을 꺼내 씹는다.

여자 저 테이블 밑에 붙어있던 껌, 사장님이 씹던 껌 붙여놓은 거
죠?
바리스타 (쳐다보는)
여자 맞죠? 왜 시선을 피하세요? 맞네. 저기요.
바리스타 왜요?
여자 나도 껌 주세요.
바리스타 (다가가서 껌 하나를 준다)
여자 풍선껌. 아직도 이런 불량 껌을 팔아요?
바리스타 그래도, 풍선을 불 수 있는 껌은 그 껌뿐이라.

두 사람, 각자 풍선껌을 씹으며, 풍선을 불며…그렇게 각자 자기 일
을 한다.
민수 작은 눈사람을 들고 들어온다.
눈사람에는 목도리가 둘러져 있다.

바리스타 어 안에 두면 녹을 텐데.
민수 보여드리려구요. 일단 작은 거 하나 만들어 봤는데 어때요?
바리스타 목도리까지 둘렀네요.
민수 조금 전에 나간 일본손님 있잖아요, 눈사람에 목도리 두르더
니, 욘사마 욘사마 그러면서 같이 사진 찍고 갔어요.
바리스타 (웃는다)
민수 혹시 목장갑 좀 빌릴 수 있을까요? 손이 시려서.

바리스타는 바 안쪽에서 빨간코딩이 된 목장갑을 꺼내 민수에게 건넨다.

민수 (장갑을 끼며) 눈이 와서 그런가 거리에 사람이 없어요. 갑자기 겨울왕국 된 거 있죠.

바리스타 ….

민수 이런 거 물어봐도 되는지 모르겠지만… 사장님 기다리는 사람 있으시죠.

바리스타 기다리는 사람요?

민수 네. 마치 누군가를 위해 커피를 내리는 것처럼 여러 종류의 커피를 내리고, 테이블 하나를 비워두고 가끔씩 밖을 내다보고….

바리스타 그럴지도 모르죠.

민수 오늘은 기다리는 분이 꼭 왔으면 좋겠네요.

바리스타 (껌을 건네며) 이거. 씹으면서 만들어요. 춥지 않게.

민수 풍선껌이네요? (껌을 받아 입에 넣는다)

즐거워하며 나가는 민수.
그런 민수와 바리스타를 여자가 바라보고 있다.

여자 (껌을 씹으며) 남자 손님에게도 저렇게 다정한데, 왜 나는 안돼요? 왜 내 마음을 몰라주는 거예요? 내가 그렇게 암시를 주고, 힌트를 주는데 왜 내 마음을 몰라주는 거냐구요? 벌써 열달이나 이러고 있으면 내가 왜 여기 있는지 알아채야할 거 아니에요. 바보예요? 커피만 잘 만들면 뭐 해요. 연애를 못하는데. 눈치가 없는데.

바리스타가 그녀를 본다.
그러면 여자는 어느새 그림을 그리며 혼자 중얼거리고 있다.
마치 만화의 대사와 그림을 함께 그리며 작업하는 것처럼.

여자 (그림을 그리면서) 여기엔 이런 대사를 넣으면 되겠다.

바리스타가 다시 다른 곳을 본다.

여자 (바리스타를 향해) 거기서 그렇게 바라보고 있지 말고, 나한테 다가오란 말이예요!!

바리스타가 그녀를 본다.

여자 (잽싸게 고개를 숙이고 그림책 대사를 쓰는 척) 여기엔 이런 대사가 어울리겠는걸.

바리스타, 외면한다.

여자 (그림책에 대사를 쓰는 척) 여기 술 많이 주세요. / 손님, 오늘 무리하시는 거 같은데요. 왜요, 내가 돈 없을까봐 그래요? 나 돈 있어요. 내 그림책 팔리면 나도 돈 많이 벌어요! (주머니에서 동전을 한 가득 꺼내 테이블 올려놓으며, 바리스타를 바라본다) 나도 돈 많아요!/ 손님, 저희 오늘 영업 끝났습니다./ (그 말에 확 열 받아서) 손님이 나가기 전에 영업 끝내면 안 되지. 그건 손님에 대한 예의가 아니지!

바리스타, 그녀를 돌아본다.

여자   (잽싸게 고개를 숙이며 그림책에 대사를 쓰는 척) 여긴 이렇게 화
내는 대사를 넣고.

바리스타는 그녀를 보다, 다시 자신의 일을 한다.

여자   (바리스타를 향해) 아이 씨발~ 내가 왜 여기 있겠어. 아침부터
출근해서 하루종일 쭈욱 왜 여기 있겠냐고. 몰라? 진짜 몰라?
(바리스타는 묵묵히 일만 한다. 바리스타의 반응을 보면서) 여긴 이
런 대사 넣으면 좋을 것 같은데….
(묵묵히 일만 하는 바리스타에 또 다시 열 받아) 왜 난 안 되냐구
요? 이렇게 바라만 보고 있는데 왜 나는 안 되냐구. 나 졸라
끈기 있어. 내가 고등학교 때 체력장에서 오래 매달리기, 오
래 달리기 1등 한 사람이야. 나는 오래 하는 건 뭐든 다 잘 해.
완전 타고났어. 뭐야, 그거였어? 내가 무서워? 내가 오래 매
달리기. 오래 달리기 잘해서 무서운 거였어?! (웃음을 폭발적으
로 터트리는. 그러다) 당신 가슴에 딴 사람 있는 거라면, 나 기다
릴게. 당신 마음에 있는 그 사람, 다 지워지고 닳아 없어질 때
까지. 나 망부석처럼 기다릴 수 있어! 기다린다니까. 기다릴
거라니까~

바리스타 묵묵히 자기 일만.
여자. 완전 열 받아서.

여자   **씨발. 퍽~갓뎀~ 써너머비치~ 셧더 퍽~ 이 씨방새… .**

여자. 착 엎드려서 흐느낀다.
점점 더 그 흐느낌의 강도가 세진다.

뒤돌아보지 않는 바리스타.

그녀는 너무 과도하게 흐느꼈는지, 좀 피곤해진다.

잠시 후 코를 골며 잠이 들어버린다.

바리스타 껌을 테이블 밑에 붙인다.

바리스타 저는 그녀의 고백을 받아들일 수가 없습니다.

나와 사랑을 하면… 그녀는 불행해지기 때문입니다.

그녀의 코고는 소리.

코를 골며 자고 있는 그녀를 사랑스럽게 바라보는 바리스타.

그의 얼굴이 슬퍼진다.

바리스타 내 아내는 죽었습니다. 죽은 이후로 매일 이렇게 나타납니다.
그녀는 자신이 유령인지도 모르는 것 같습니다. 그래서 저도
모르는 척 해줍니다.

그녀의 사랑을 받아주고 싶지만… 받아주면… 저는 그녀와
다시 결혼할 게 분명하고…그러면 그녀는 또 다시… 내 곁을
떠나고 우리는 헤어져야 하겠죠. 지금 이렇게 매일 찾아오는
그녀는 나의 아내입니다. 내가 아직 아무 것도 모를 때, 그녀
가 나를 짝사랑하고 있는지조차 몰랐던 그 때처럼, 아내는 28
살의 모습으로 나를 찾아옵니다. 나는 그저 모른 척 커피를
만들고, 그녀는 늘 사랑 때문에 매일매일이 괴롭습니다. 그래
도 저는 그녀의 사랑을 받아줄 수가 없습니다. … 내일 다시
그녀가 찾아올 겁니다.

바리스타, 계단을 본다.

바리스타 하나 둘 셋 넷 다섯 여섯 일곱 여덟 아홉 열 열하나 열둘… 그리 많은 계단이 아닌데, 너무나 높게만 느껴집니다.

나츠미짱이 들어온다.
자전거를 끌고.

바리스타 웬 자전거예요?
나츠미짱 샀어요.
바리스타 누가 타던 거 같은데요.
나츠미짱 배용준이 탔던 거래요. 10초정도 여기에 배용준이 10초정도 앉았대요. 아까 홋카이도랑 도쿄로 여행한다고 한 사람들 있었잖아요. 그 사람들이 나한테 말해줬어요. 팔라고 했더니 나한테 팔았어요. 우리 아까 만났으니까 특별히 나한테 판 거래요.
바리스타 얼마 주고 샀는데요?
나츠미짱 30만 원.
바리스타 바가지 썼네요. 여기도 다 칠했구만.
나츠미짱 바가지?
바리스타 다른 말로는 눈탱이 맞았다고 그래요
나츠미짱 하하하 괜찮아요. 상관없어요. 이 자전거가 가지고 싶었거든요, 보자마자.
바리스타 뭐 놓고 가신 게 있으세요?
나츠미짱 아. 이 자전거 여기 맡겨놔도 되나요?
바리스타 어디 갔다 오시게요?
나츠미짱 내일 일본으로 가요. (결심했다)
바리스타 아.
나츠미짱 부탁이 있어요. 내가 언제 올지 모르지만… 이 자전거 여기에서 보관해줄 수 있어요?

바리스타 ···.

나츠미짱 내년에 꼭 와서 타려구요.

바리스타 ···.

나츠미짱 (허리 숙이며 부탁) **오네가이시마스. 오네가이시마스!**

바리스타 부탁하는데, 뭘 그렇게 허리까지 숙여요. 알았어요. 보관 잘 해둘게요.

나츠미짱 감사합니다. 감사합니다. 아··· 그런데··· 이상한 얘기 들었어 요.

바리스타 어떤 얘기요?

나츠미짱 아까 욘사마가 촬영한 레스토랑에 갔었는데··· 이 커피숍에서 는 욘사마가 안 갔었다고. 그건 다 뻥이라고, 그쪽 사장님이 그러더라구요. 여기 사장님은 뻥을 잘 친다고. 정말이에요? 맞아요? 뻥 아니죠?

바리스타 욘사마 왔었다니까요. 여기 욘사마가 씹던 껌도 있잖아요.

나츠미짱 어? 그 껌 아까 저한테 줬잖아요?

바리스타 아?! 내가 줬어요?

나츠미짱 (수건에 싸여 보석함에 곱게 보관되어 있는 껌을 꺼내 보여준다)

바리스타 뻘쭘하게 서 있는 사이, 형석과 무진 들어온다.

형석 사장님 냅킨 갖고 왔습니다. (나츠미짱을 발견하고는 당황하며) 어? 다시 오셨네요.

나츠미짱 자전거 나한테 특별히 싸게 파는 거라면서요.

형석 아 그게 그러니까··· 그게 원래 좀 고가라서 특별히··· 싸게는 아니고···.

바라스타 흠흠··· 자전거 이걸 어디다 보관하면 될까?

나츠미짱 마스터. (테이블 밑에 껌을 떼어내며) 이 껌은 누구 거예요?

바리스타 어… 그게… 제가 씹던 껌인 것 같기도 하고…. (웃는)

나츠미짱 (따라 웃는) 이리로 와 봐요.

바리스타 왜요?

나츠미짱 같이 사진 찍어요.

바리스타 네?

나츠미짱 웃는 모습이 욘사마 닮았어요….

바리스타 전 욘사마도 아닌 걸요.

나츠미짱 에이~ 욘사마. (바리스타를 가리키며) 테이스터스 초이스. 나만의 선택.

바리스타 에이. 하하.

형석과 무진 그 모습을 보고 웃는다.

나츠미짱 (웃는 형석과 무진에게) 이리로 와 봐요.

형석 (긴장하며) 저요?

나츠미짱 둘 다요.

무진 저도요?

나츠미짱 같이 사진 찍어요.

세 사람 나츠미짱 옆에 선다.
민수가 들어온다.

나츠미짱 아 유끼다르마 (눈사람) 상, 같이 사진 찍어요.

바리스타 민수씨 빨리 와요.

민수 저도요?

다같이 오라고 손짓한다.

민수도 합류하면,

나츠미짱 자~욘사마처럼 웃어주세요.

바리스타 (잘 미소가 안 지어지는지) 잠깐만요. 잠깐만요. (입의 근육을 풀
곤) 됐어요.

형석 빨리 찍어 임마

무진 네.

나츠미짱 하나 둘 셋. 욘사마~

다같이 욘사마~

욘사마의 미소를 짓고 있는 다섯 사람.

사진을 함께 찍는다. 형석 무진 나간다.

나츠미짱 밖에 엄청 큰 눈사람 있어요. 내 고향에선 다시는 눈사람을
만들 수 없겠죠… 눈사람 녹지 않게 잘 지켜주세요. 내년에
왔을 때도 볼 수 있게.

모두들 ….

바리스타 그럴게요.

나츠미짱이 인사하고는 떠난다.

바리스타 화장실에 잠깐 다녀올게요. 홀 좀 봐줘요.

바리스타가 화장실로 가면, 민수는 앞치마를 두르고 쟁반을 거지고
자신이 앉았던 테이블의 잔들을 치운다.

그리고 여자의 테이블도 치우고 정리한다.

화장실에 다녀온 바리스타, 그런 민수의 모습을 바라보고 있다.
민수는 테이블 위에 떨어진(여자가 그려둔) 냅킨 그림을 다시 벽에
붙인다.

민수 (바리스타를 발견하고) 설거지도 제가 할게요.
바리스타 아니에요. 이따 내가 할게요.
민수 네… (자리로 돌아와 가방에서 이력서를 꺼내 바리스타에게로) 저
이거요….

민수 이력서를 내민다. 받아서 읽어보는 바리스타.
그러다가 민수를 쳐다본다.

민수 여기에 이력서를 내고 싶은데요.
바리스타 (고민하는) … 내일 또 봐요.
민수 네… (풀이 죽어 앞치마를 푸는) 안녕히 계세요.
바리스타 내일 또 봐요. 손님이 아니라 직원으로.
민수 네? 네! 감사합니다. 열심히 할게요. 밖에 먼저 치우고 오겠습
니다.

신나게 뛰어나가는 민수.

바리스타 이탈리아에서 공부를 할 때, 스승님이 말했습니다.
좋은 커피를 만들기 위해서는 반드시 4가지가 필요하다고요.
커피머신. 원두. 시간. 그리고 손님.
저는 무엇을 가지고 있는 걸까요? 그 넷 중에.

바리스타의 아내가 코를 곤다. 드르렁~

바리스타 CD플레이어가 있는 곳으로 가서.

바리스타 그녀가 아까 신청했던 곡입니다.

그녀가 신청했던 음악 'can't smile without you' 튼다.

바리스타 내가 그녀를 사귀기 시작한 것은 그녀 나이 서른 살이었습니다. 여기 오는 그녀는 스물여덟 살의 그녀입니다. 이곳에서 날 짝사랑하며 앉아 있었죠.

바리스타가 젊은 날 그녀를 위해 라떼에 그렸던 그림들이 스크린에 보여진다.
바리스타는 그 그림들을 바라본다.

바리스타 그녀가 서른 살이 될 때까지 그녀의 마음을 몰랐다는 게 참…
서른 살인 된 기념으로 고백을 하러 그녀가 왔었습니다.
그녀의 나이 서른한 살에 우린 결혼을 했습니다.

can't smile without you 라는 음악과 함께

바리스타 자신의 농구공을 찾으러 간 아카타에게선 아직 소식이 없습니다. "나 후쿠시마로 돌아가야 할까?" 그가 그렇게 물었을 때 저는 아무런 대답도 해주지 못했습니다. 모든 걸 잃었을 때 저 또한 어떻게 해야 하는지 몰라 방황했었으니까요.
가끔 생각하곤 합니다. 아내와 거닐었던 그 바닷가는 여전한지, 바람과 구름은 그 모습 그대로인지. 천년이나 한자리에서 꽃을 피웠다는 미하루타키 사쿠라는 여전히 아름다운지.

스승님은 항상 그랬습니다. 인생은 먼지 같은 거라고. 인생은 먼지다.

La nostra vita polvere. 그 말로 지금까지 버텨왔습니다. 슬픔을 견디어 왔습니다. 슬플 때 마다 생각했습니다. 인생은 먼지다. 인생은 먼지 같다.

(공중을 떠다니는 먼지를 바라본다. 잡는다)

하지만 사랑하는 사람들과의 추억까지 먼지라고 생각하기엔 너무 고통스럽고 슬펐습니다. 그래도 인생은 먼지 같은 것일 겁니다.

아카타가 카페로 들어온다.
막 여행에 돌아온 듯한 지친 모습의 그의 손에 농구공이 들려있다.
쓰나미로 알래스카까지 떠내려간 농구공이다.

바리스타 아카타!
아카타 오랜만이다. 잘 있었냐.
바리스타 응… 너는?
아카타 (농구공을 들어 보이며) 한 게임 할래?

아카타가 천천히 드리블을 한다. 점점 그 드리블은 힘차 보인다.
바리스타가 아카타에게로 다가가 경기를 시작한다.

음악 커진다.

can't smile without you
You know I can't smile without you
I can't smile without you

I can't laugh and I can't sing
I'm finding it hard to do anything

당신 없이는 웃을 수 없다는 걸 당신은 아시나요
당신 없이는 미소 지을 수 없어요
크게 웃을 수도 노래를 부를 수도 없어요
무슨 일을 하든지 너무 힘들 뿐이에요

··· eNd ···

CAFÉ - RESTAURANT - B
THE PLACE
e in
y our
ty dish
Tron
taste
Value
50000vd
ecialize
avourite
amese
shes

춤추렴, 레이디가가처럼!

외톨이들

Dancing Outsiders

등장인물

기쁨 – (여. 18세. 고등학교 1학년생. 3월이면 2학년이 된다)

소라 – (여. 18세. 기쁨의 친구. 기쁨이네 집에 얹혀사는 가출 소녀)

장현 – (남. 42세. 기쁨의 아빠. 철없는 가출의 제왕)

지호 – (남. 18세. 기쁨을 좋아하는 남학생)

슬기 – (여. 18세. 기쁨과 같은 학교에 다니는 여고생)

민지 – (여. 18세. 기쁨과 같은 학교에 다니는 여고생)

경비아저씨 – (남. 50대. 아파트 가동의 경비아저씨)

노숙자 – (남. 40대)

시간

고등학교 2학년이 되기 전 봄방학

장소

기쁨이네 집/아파트 공터/롯데리아/아파트 공원연못/관리실 옥상/거리

1. 아파트 공터 • 기쁨이와 소라

아파트 지상주차장에 자리한 작은 공터.
뒤쪽으로 벤치가 하나 놓여있다.
기쁨과 소라가 아스팔트 위에 삼각대에 장착된 비디오카메라를 놓
고, 그 앞에서 춤을 추고 있다.
바닥에는 두 사람의 가방과 소지품들이 놓여있고, 그 옆으로 스마트
폰과 연결된 휴대용 스피커가 세워져있다.
두 사람은 교복을 변형시켜 입고 '레이디가가'의 노래 'Born this
way'에 맞춰 춤을 추고 있다.
교복은 접거나 말아 올리고 소품을 덧대어 티나게 이상하다는 느낌
을 주도록 변형시켰지만, 학교 갈 때 다시 입어야 하므로 자르거나
줄이지 않은 티가 역력하다.

기쁨이와 소라의 춤은 수준급은 아니지만 독특하고 감각 있다.
기쁨이의 춤은 절도 있고 파워풀한 반면 소라의 춤은 흐느적거리면
서도 묘한 비트를 담아내고 있다. 하지만 기쁨은 그런 소라의 춤이
맘에 들지 않는지 쳐다보고는 음악을 끈다.

기쁨 (음악을 끄며) 야 그만해 그만.

소라 (숨을 고르며) 왜 꺼.

기쁨 (비디오카메라도 끄며) 너 눈하고 발이 거꾸로 달렸냐? 왜 그렇
게 허우적대. 니 땜에 떨어지면 책임질 거야?

소라 미친, 지는. 너나 잘해. (흐느적거리며) 이거보다 어떻게 더 잘
추냐.

기쁨   나 진짜 미치겠다. 영상 봐도 모르냐. 똑같이 따라하라고.

소라   아까는 창조적으로 하라메. 그리고 너도 존나 안 똑같거든. 레이디가가가 트렌스포머 삶아 먹었냐? 이게 뭐냐 이게.

기쁨   너는 어떻고. 너 존나 연체동물 같애. 넌 몸이 비계냐? 뼈가 없어? (동작을 해보이며) 이 춤은 각이 생명이라고. 각. 레이디가가 옷에 붙어 있는 생고기도 너보단 낫겠다.

소라   씨발 그러니까 내가 비욘세로 가자 그랬지?

기쁨   각도 안되는 게 볼륨까지 넘 보냐?

소라   (비욘세 춤을 보여주며) 씨발 내 몸매가 어때서.

기쁨   주제파악을 못해요 파악을. (답답하지만 참고 달래듯) 소라야, 딱 한번만이라도 제대로 가보자. 응? 제발 부탁인데, 이번엔 몸에 뼈 좀 넣고 춰봐.

소라   내 몸에 이 딱딱한 이것들은 다 뭐였냐.

기쁨   그러니까 그 뼈들을 잘 맞춰보라고. 옷 점검하고.

소라   (치마 속으로 손을 넣어 말려 올라간 속바지를 내린다)

기쁨   미친년아. 쪽팔리게. 여기 야외라고.

소라   속바지가 말려 올라갔다고. 속바지 가랑이에 끼고 추면 간지가 나냐?

기쁨   진짜 내가 너 땜에 미친다. 인생 존나 수척하다. 너 같은 연체동물을 데리고 무슨 UCC를 찍겠다고.

소라   씨발 말 고따위로 해라. 내 인생도 존나 꼬였거든.

기쁨   너도 동의했잖아. 한다고 했으면 책임을 져야지. 대충 흐물대면 그게 한 거냐?

소라   동의야 했지. 너 조건부 동의 알지? 넌 내가 동의하기 전에 니가 내걸었던 그 조건을 항상 생각해야 된다.

기쁨   알지. 조건부 동의. 그러니까 열심히 좀 하라고. 니가 열심히 안 하잖아? 그럼 조건도 날아가는 거야.

소라   (조건이 날아간다는 말에 열이 받는. 하지만 감정을 누르고 조용히 얘기한다)

기쁨아~, 내가 하기로 했으니까 하기는 해. 내가 고기든 비계든 하기는 하는데, 씨발 우리 계약서 하나 쓰고 하자. 너 지금 하는 짓 보니까 이번 UCC공모에서도 떨어지면 나 쌩깔 거 같거든. 이 개쪽을 팔며 찍었는데 까일 수는 없잖아? 니가 갑이고 내가 을이니까 지금은 니 말 따르긴 할 거야. 내가 당장 살 곳이 없어서 하긴 하는데, 니네 집 아니고도 살 데가 생기면 넌 죽었어.

기쁨   (똑같이 목소리를 낮춰 답하는) 소라야, 너는 다 좋은데 니 자신을 너무 몰라. 이 언니가 UCC찍어서 공모에 당선되잖아? 그럼 상금이 삼백이야. 청소년 공모에 삼백이 지나가는 똥개 이름이냐? 그리고 대학 가산점도 있어. 너도 지금은 이렇게 비비고 있지만, 대학은 가야지? 니 성적에 어딜 가겠어. 가산점이라도 나눠줄 때 고맙습니다, 하고 공손히 받아먹어. 미리 말해두는데 당선 되도 상금은 다 내꺼다. 넌 우리집에서 공짜로 살게 해주잖아.

소라   그럼 계약서 쓰자. 이번 공모에 떨어져도 한 달간 쫓아내지 않기.

기쁨   넌 인간이 왜 그렇게 비관적이냐. 안 떨어진다고.

소라   알았어. 당선되면 삼백 너 갖고, 난 여름방학 때까지 니네 집 눌러 앉기. 콜?

기쁨   미친. 너 그 때까지 집에 안 들어가게?

소라   (스마트폰을 꺼내들고 보이스 레코팅을 연다) 녹음해.

기쁨   친구를 존나 못 믿냐.

소라   빨리 녹음해.

기쁨   (스마트폰에 대고 말한다) 나 이기쁨은 청소년UCC공모전에 당선

되면 친구 방소라를 여름방학 때까지 집에서 살게 해줄 거임.

소라　떨어지면?

기쁨　떨어져도 한 달 간 살게 해줄 거임.

소라　(흐뭇하게 파일을 저장하는)

기쁨　근데 넌 어차피 맨날 우리집서 살았잖아.

소라　니 변덕을 누가 예측하냐. 우리가 언제 절교할 줄 알고.

기쁨　완전 개짜증나.

소라　너도 집에서 쫓겨나봐. 노숙자 안 되려면 이렇게라도 해야
　　　　돼.

기쁨　이제 만족하냐?

소라　므흣. 이제 돈 좀 벌어볼까? 대학도 가고.

기쁨　개주접 떨지 말고, 이번엔 제대로 좀 줘보자 응?

소라　음악 틀어. (몸을 푼다)

그 때, 아파트 경비아저씨가 지나간다.

기쁨이 하던 걸 멈추고 깍듯하게 인사한다.

기쁨　안녕하세요.

경비아저씨　어… 그래.

경비아저씨는 두 사람의 옷차림과 카메라, 스피커 등을 훑어보듯 쓰
윽 쳐다보면서 지나간다.

소라　존나 내숭.

기쁨　인사 좀 하지?

소라　언제부터 우리 기쁨이가 그렇게 인사를 잘 하셨을까?

기쁨　어른들 비위 건들면 피곤해져.

소라　　하여튼 비굴하게 존나 핥아요.

기쁨　　목에 붕대감고 살아봐라. 인생 캐뻣뻣해진다.

소라　　안 그렇게 생겨갖고 존나 정치적이야. 너, 여기로는 사람 안 지나다닌다며?

기쁨　　아예 안 지나가겠냐? 사람 사는 아파튼데. 그리고 니 얼굴 아는 사람 여기 아무도 없거든.

소라　　나 이 아파트 완전 많이 왔거든. 그리고 당분간 여기 살 거거든.

기쁨　　니 얼굴을 봐라. 뭔 특징이 있냐? 백번을 봐도 절대 안 외워진다.

그 때 경비아저씨가 나간 쪽에서 이어폰을 낀 남학생이 걸어온다.
빵빵한 패딩점퍼에 목도리를 칭칭 감고 있는 남학생.
남학생은 지호다.
기쁨과 소라를 발견하자 멈칫하는 지호.
두 사람, 지호와 눈이 마주친다.

소라　　어 강지호.

지호　　(머뭇거리며 어색하게 손을 들어 인사하는) …안녕 기쁨아.

기쁨　　어, 안녕.

소라　　너도 여기 사니?

지호　　어….

소라　　몇 동?

지호　　아니 난 잠깐 친구 만나러.

소라　　친구 누구?

지호　　친구가 아니라, 친구 사촌형의 고모부….

소라　　친구 사촌형의 고모부?

지호	…응.
소라	아 친구 사촌형의 고모부를 만나러 왔구나. 나도 아는 친구야? 어떤 친군데? 우리 반이야? 내가 알면 안 돼?
기쁨	니가 알면 안 돼. 빨리 하던 거나 해.
소라	잘 가 지호야.
지호	그래.

지호, 나간다.

소라	(비밀을 알려주듯) 야야 쟤가 너 좋아하는 거 아냐?
기쁨	(카메라를 확인하며) 됐거든. 관심 없거든.
소라	박성진이 그러는데 쟤가 완전히 너한테 꽂혔대.
기쁨	박성진 말을 믿냐? 걔는 소문 제조기거든.
소라	그래도 걔가 근거 없는 루머는 안 퍼뜨려.
기쁨	됐다 그래. 그냥 줘도 싫다. 어깨 쭉 늘어뜨리고 구부정해가지고, 무슨 좀비야? 팔은 또 왜 그렇게 길어. 어떻게 하면 이어폰을 저렇게 꺼벙하게 꽂고 다닐 수 있지? 그리고 형광초록 입은 거 봤지? 누가 형광초록색 잠바를 입고. 지금 산 올라가? 거기다가 옷이 하도 커서 걸레인지 사람인지 알 수가 없어. 난 세상에서 네파 초록색 입은 애들이 제일 싫어. 네파 초록색이 뭐야. 소름 돋게.

그 때 지호가 뭔가 말하려고 되돌아오다가 기쁨이의 말을 듣는다.
소라가 지호를 발견하고 눈치를 준다.
지호의 얼굴이 굳어지며 다시 나간다.

소라	아 씨발 쟤 다 들었다.

기쁨	아이 씨.
소라	미친년 꼭 말을 해도.
기쁨	됐거든.
소라	어떻게 사람을 까도 면전에 두고 까냐. 존심 상하게.
기쁨	누가 들을 줄 알았냐? 그냥 가던 길 가지 왜 돌아와? 그리고 큰 길 놔두고 왜 이 좁은 샛길로 다니냐고.
소라	니가 맨날 여기서 노니까 그렇지.
기쁨	드립치지마.
소라	너나 드립치지마. 지호 쟤 존나 소심한데, 니가 인간 하나 죽인 거야.
기쁨	미친년 사람을 단칼에 살인자로 만드냐?
소라	세상에서 제일 나쁜 짓이 사람 쪽팔리게 하는 거야. 알어 붕아?
기쁨	아 씨 추워 죽겠는데 깐죽대지 말고, 춤이나 춰. 빨리 찍고 들어가게.
소라	이번엔 제대로 좀 춰보자.

소라 스피커 있는 데로 가서 음악을 재생시킨다.
기쁨은 지호가 나간 곳을 바라본다. 조금 마음이 쓰이지만 금새 털어버리고는 비디오 카메라의 녹화버튼을 누른다.

레이디가가처럼 춤을 추는 기쁨이와 소라.
두 사람은 언제 티격태격했냐는 듯 밝은 얼굴로 정말 열심히 춤을 춘다.

♫ Born this way — 레이디 가가

네가 그를 사랑하거나 믿는다면 상관없어.
그냥 너의 손톱을 세워. 왜냐하면 넌 그렇게 태어났으니까.
내가 어렸을 때, 우리 엄마가 말씀하셨지.
우린 모두 슈퍼스타로 태어난다고
그녀는 내 머리를 말아주고 립스틱을 발라주셨어.
그녀의 화장대 앞에서 '네가 누굴 사랑하든 아무 잘못 없단다.
그녀는 말했지, 왜냐하면 신은 널 완벽하게 만들었으니까.
그러니 고개를 들고 걸으렴, 내 말을 잘 들어봐.

난 나대로 아름다워. 신은 실수하지 않으시거든.
난 옳은 길을 걷고 있어. 난 이렇게 태어났어.
후회 속에 너를 숨기지 마. 그냥 네 자신을 사랑해, 그럼 준비
가 된 거야.
난 옳은 길을 걷고 있어. 난 이렇게 태어났어.

다른 길은 없어. 난 이렇게 태어났어. 난 이렇게 태어났어.
다른 길은 없어. 난 이렇게 태어났어. 난 옳은 길을 걷고 있어

난 이렇게 태어났어.
끌려다니지 말고, 여왕이 되어버려.
끌려다니지 말고, 여왕이 되어버려.
끌려다니지 말고, 여왕이 되어버려.
그러지 마!
… (후략)

기쁨과 소라가 춤을 추는 장면에서 **암전**.

잠시 후, 무대 밝으면 시간 경과. 같은 장소의 다른 시간이다.

지호가 혼자 공터 벤치에 앉아 괴로워하고 있다.
기쁨이에게 들은 말을 잊으려고 스마트폰을 꺼내 음악을 듣는 지호.
이어폰을 귀에 꽂고 음악을 듣던 지호는 점점 괴로움의 강도가 높아
지는지 몸을 배배 꼬다가 두 손으로 머리를 감싸고 상체를 구부리며
고개를 숙인다.

그 사이, 노숙자 한 명이 천천히 다가와 지호가 앉은 벤치에 나란히
앉는다.
입었다가 벗지 않은지 백년은 된 것 같은 옷을 입은 노숙자는 가만
히 앉아 있다가 지호의 머리 쪽에 자신의 귀를 가까이 대본다.
'무슨 냄새지?' 하는 생각에 고개를 드는 지호.
바짝 붙어있는 노숙자 때문에 화들짝 놀란다.
하지만 벌떡 일어나 가버릴 수가 없다.
왠지 무섭기도 하고, 노숙자지만 인간에 대한 예의가 아닌 것 같아,
참고 견디는 지호.
그러다가 망설이며 조금씩 벤치 끝 쪽으로 엉덩이를 옮겨 앉는다.
노숙자도 지호를 따라 조금씩 엉덩이를 옮겨 앉는다.

지호　　(갈등하다 쳐다보는)
노숙자　　(이어폰을 빼라는 손짓)
지호　　(이어폰을 귀에서 뺀다)
노숙자　　(귀가 아니라 이어폰을 스마트폰에서 분리하라는 손짓)

지호, 스마트폰에서 이어폰을 뺀다. 외부 스피커를 통해 음악이 흐
른다.

메탈음악이다.

마치 좋아하는 여자에게 쪽을 팔린 괴로운 고교생의 마음을 담은 듯
한 노래.

노숙자가 지호에게 빵을 건넨다.

노숙자가 준 빵을 받을 수도 없고 안 받을 수도 없는 지호…

'대체 이건 뭐지? 왜 나는 실연의 아픔조차 온전히 누리지 못하는
가'

지호는 그런 생각을 하면서 얼떨결에 빵을 받는다.

노숙자 흐뭇한 얼굴로 가방에서 빵을 꺼내 먹는다.

마치 지호와 둘이 음악을 감상하기라도 하듯이.

그 때 멀리서 노숙자를 발견하고 다가오는 경비아저씨.

경비아저씨   학생, 이 사람 알아?

지호   (고개를 젓는다)

경비아저씨   (지호 손에 들린 빵을 보고) 모르는 사람이지?

지호   … 네. 잘 모르는데요.

노숙자   (빵을 먹다 당황한다)

경비아저씨   (노숙자에게) 아저씨, 여기 들어오면 안돼요. 저번에도 여기
서 서성거리더니 또 들어왔네. 어서 일어나요. 어서. 저어쪽
으로 가세요.

노숙자   (일어난다)

경비아저씨   아이구 냄새. 아저씨, 그 옷 좀 어떻게 해야지, 옷 없어요?
옷 없으면 내가 챙겨줄게 따라와요. 재활용함에 옷 많아.

노숙자   (고개를 젓고는 유유히 나간다)

경비아저씨   (뒤에 대고) 옷이라도 갈아입고 가지 참. 겨우내 눈 맞은 옷

같구만.

(멀리 소리치는) 또 오면 안돼요.

지호 (경비아저씨 뒤통수에 대고 인사하고는 잽싸게 나간다) 안녕히 계
세요.

경비아저씨 어 그래.

2. 롯데리아 · 슬기와 민지

늦은 오후. 롯데리아에서 수다를 떨고 있는 슬기와 민지.
두 사람 앞에는 달랑 콜라 두 잔이 놓여있다.
둘은 매일같이 롯데리아에서 노는 애들처럼 가방에 든 소지품들을
꺼내 테이블 가득 펼쳐 놓는다.

민지 너, 수진이가 뚫어 논 나이트 들었냐?

슬기 수진이가 나이트를 뚫어? 어디?

민지 물 개쩐대.

슬기 걔가 민증도 없이 나이틀 어떻게 뚫어.

민지 저번 달에 걔네 오빠 군대 갔잖아. 오빠 민증.

슬기 대~박. 위조했대?

민지 학교 앞에 거기 있잖아, 3번 출구. 거기 아저씨한테 2만원 주
면 해줘.

슬기 대박 대박. 생주 (생활주임) 한테 걸려서 없어졌는데.

민지 없어지긴 뭘 없어져. 잠깐 떴다 온 거지.

슬기 거기 실력 개좋잖아.

민지 완전 개좋지.

슬기 오늘 나이트나 가볼까?

민지 너 돈 있냐?

슬기 너 없어?

민지 없지. 내가 돈이 어딨어. 알바도 때려쳤는데.

슬기 아 나도 뷔페에서 번 거 다 썼는데. 너 알바는 구했냐?

민지 아직. 시급이 올라서 그런가 일할 데가 없어.

그냥 맥도날드계속할 걸. 한 달만 더 버티면 포스 맡는 건데.

슬기 됐어. 학교 애들 득실거리는데, 완전 개쪽이야. 걔네들 먹은 거 치워야 되고. 너 완전 찌질한 시녀 같았어.

민지 씨발 그래서 때려 쳤는데. 이제 뭘로 돈 버냐고.
(커다란 손거울로 얼굴을 보며 앞머리를 빗어 내리는. 그러다가 코를 만지며 잡아 세운다) 나 콧대 3mm만 높이면 괜찮을 거 같지.

슬기 넌 1cm는 높여야 돼. 그리고 코끝도.

민지 코끝은 티나잖아.

슬기 난 연골 묶는 거 할 거야. 그건 별로 티 안난대.

민지 (이리저리 만져보며) 나도 그거 할까?

슬기 (테이블 위에 꺼내 놓은 커다란 파우치에서 화장품을 꺼낸다)

민지 (새로운 화장품을 발견하고 급관심) 그거 뭐냐.

슬기 나 어제 디올에서 비비랑 틴트 샀다.

민지 (보는 것만으로도 감동해서 만져보며) 대박. 이거 완전 개비싼데.

슬기 뷔페 알바비 다 투자했어.

민지 (열어서 보며) 투자, 할 만해 할 만해.

슬기 (다른 화장품도 꺼내 보여주며) 마스카라. 이것도 디올 거다.

민지 대박 대박. 나 이거 완전 갖고 싶었는데. 한번만 해보자.

슬기 아직 개시도 안 했거든.

민지 빨랑 개시해봐.

슬기 보채지 좀 마. (거울을 보며 뷰러로 눈썹을 올리며) 이게 그냥 바른다고 되냐? 기초 공사를 다지고 벽돌을 쌓아야지. (마스카라를 바른다)

민지 (정말 열심히 진지하게 본다) 와~

슬기 (거울에 비쳐보며) 보이냐, 내 속눈썹의 이 엄청난 효과, 이 유연한 휘어짐.

민지 야 대~박. 너 존나 쒯구렸었는데, 이거 하나로 여신 등극. 좀 전엔 존나 아니었는데 지금은 존나 인간 같애. 대박 대박.

슬기   (틴트를 바르고 민지의 립글로스를 덧바르는)

민지   그만 발라. 색깔 묻잖아

슬기   쏘리쏘리 그래도 아까보단 인간 같지 않나?

민지   훨씬 고등해 보인다.

슬기   (기름종이로 얼굴 기름을 걷어내는)

민지   (거울을 보며 앞머리를 쓸어내리는) 난 진짜 콧대만 세우면 괜찮은데.

슬기   드립치지마. 넌 코가 아니라 쌍수를 해야 돼.

민지   눈? 난 내 눈 맘에 들어. 속쌍꺼풀은 돈 주고도 못하거든.

슬기   존나 코미디. 너 앞트임도 해야 돼. 미간은 졸라 멀어가지고. 너 소미 알지. 걔 미간 넓었잖아. 앞트임 했는데 완전 개잘됐어.

민지   진짜? 얼마래?

슬기   30.

민지   오 졸라 싸. 그렇게 싼데 잘됐어? 어디서 했대?

슬기   신갈.

민지   야 강남도 아니고 신갈에서 했냐? 왕저렴.

슬기   미친년 니 얼굴도 판이 신갈이야. 넌 강남 가도 못 바꿔.

민지   요즘은 강남도 싸거든

슬기   강남도 잘 골라야지, 앞트임은 재수술도 안 돼.

민지   (다시 거울을 보며) 아 … 진짜 콧대랑 앞트임 하고 싶다.

슬기   난 가슴.

민지   가슴은 졸라 아프대. 마사지도 받아야 되는데 쪽팔릴 거 같지 않냐?

슬기   난 쪽팔고 D컵을 얻을래.

민지   D컵. 존나 욕심 많아. 근데 가슴 비쌀걸?

슬기 개비싸지. 돈 모아서 고3 겨울에 딱 하고 대학 갈 거야.

민지 돈 모으다 언제 공부해서 대학 가냐

슬기 그럼 목 돌아간 등판을 가슴에 달고 대학 가야겠냐?

민지 하긴. 넌 가슴하면 진짜 여신 몸맬 텐데. 나도 이번 방학 때 콧 대하고 싶었는데… 우리 엄마는 진짜 딴 건 안 그런데 성형은 말도 못 꺼내게 해.

슬기 나랑 몰래 하자니까. 했는데 어쩔 거야. 뺄 거야?

민지 쌍수했다가 울면 완전 송충이 되는데. 나 울엄마한테 졸라 얻 어터져갖고 울면 어떡하냐?

슬기 왜케 부모들은 책임감이 없나 몰라. 니 얼굴. 내 가슴. 다 유전 자 탓이잖아. 그럼 하든 말든 가만히나 두지.

민지 내 말이.

슬기 봐봐. (민지의 얼굴을 보며 견적을 내주는) 넌 양쪽 합쳐서 0.5(mm)만 트고, 턱하고 코하잖아? 그럼 여신 등극이야. 안 봐도 여신이다 여신.

민지 진짜? 너 밖에 없다, 친구야.

슬기 내가 딴 건 몰라도 너 성형하면 개이쁘다고 소문 내줄게.

민지 진짜?! (슬기를 꼭 껴안는다)

슬기 (민지를 꼭 안아준다)

민지 야, 근데 나 정도면 소문 안내도 자연스럽게 소문나지 않을 까, 개 이쁘다고.

슬기 야 미친년. 정신차려.

슬기와 민지 낄낄대며 좋아한다.

장현이 수트케이스를 끌고 들어와 슬기와 민지가 앉은 테이블과 약 간 떨어진 테이블에 앉는다.

밀크쉐이크가 든 잔에 스트로우를 꽂고 마시는 장현.
그는 짐을 끌고 한동안 걸어 다닌 듯 지쳐 보인다.

슬기와 민지, 장현을 힐끔 쳐다보고는 다시 자신들의 수다에 집중한다.

민지	아, 근데 시급 받아서 어느 세월에 코 세우냐.
슬기	우리 장사해볼래?
민지	어떤 장사?
슬기	내가 빵을 좀 만들잖니. 요즘 웰빙뜨지. 유기농재료 써서 수제빵 만들어 팔자.
민지	수제빵? 어디서?
슬기	아파트 시장. 날씨 풀리면 다음 주부터 아파트 시장 선대. 너 저번에 내가 만든 빵 먹어 봤잖아.
민지	그거 존나 맛없었잖아. 그딴 걸 누가 사가.
슬기	조까. 잘 만들면 먹을 만해. 그리고 쫌 특이한 빵 만들어서 포장 간지나게 하면 있어 보인다니까.
민지	난 그냥 패스트푸드점 알바 하는 대한민국 평범한 청소년으로 사는 게 맘 편해.
슬기	미친년. 넌 애가 왜 그렇게 도전 정신이 없냐.
민지	나 삐끗하면 우리 아빠한테 머리 밀리거든.
슬기	너 그러다 평생 지금 얼굴로 사는 수가 있어.
민지	으~~, 친구한테 악담을 해라.
슬기	야 강남미인이 하루아침에 예뻐졌겠냐? 붕대 감고, 진통제 먹어가면서 백일 밤낮을 얼음찜질해야 여신 되는 거야. 그러자면 뭐가 있어야 되겠어.
민지	돈.

슬기　빵!

민지　빵 팔아서 언제 왕창 벌어.

슬기　베짱이 기타 치는 소리 하지 말고. 할 거야 말 거야.

민지　음… 니가 비즈니스 마인드는 좀 있으니까… 해보자.

슬기　진작 그럴 것이지. (화장품이 든 파우치를 들어올리며) 스카치 테이프와 뽕브라를 벗는 그 날까지. 아자!

민지　(손거울을 들어 올려 파우치에 하이파이브를 날리며) 쉣 더 퍽!

슬기과 민지, 각자의 콜라와 밀크쉐이크를 들고 짠 한다.
장현이 슬기과 민지에게 몸을 기울이며 말을 건다.

장현　저… 학생들 영광고등학교 다니지?

슬기·민지　… 네.

장현　내 딸이 거기 다녀서 물어보는 건데, 봄방학에는 학교 안 나가도 돼?

슬기　1·2학년은 자율학습 하는데요. 거의 방학 없어요.

민지　두시까지는 의무고요, 그 다음엔 맘대로 가도 돼요.

장현　아… 그럼 지금은 다 집에 돌아간 시간이겠네.

슬기　근데 학원 다니면 학원 갔겠죠.

장현　그렇구나… 고마워.

슬기·민지　네…

장현 핸드폰을 만지며 뭔가 갈등하다가 일어나 화장실로 간다.

슬기　저 아저씨 쫌 오타쿠 같이 생기지 않았냐?

민지　난 저 아저씨가 입은 남방 맘에 들어. 네온 컬러 이쁘지 않냐?

슬기　아저씨가 무슨 저런 색깔을 입냐. 쫌 아줌마 같애.

민지 니 스타일도 오늘 쉣이거든.

슬기 너도 존나 구리거든.

둘이 함께 쉣 더 펙! 하고 외치며 웃는다.

3. 기쁨이네 집

기쁨이네 집, 거실.
뒤쪽으로 액자에 걸린 할아버지의 사진이 있다.

거실 중앙 쪽으로 놓인 좌식탁자 위에는 노트북이 놓여있고,
그 옆으로 비디오카메라와 삼각대가 있다.
녹화된 영상을 편집하면서 낄낄대고 있는 기쁨이.
그러다가 휴대폰이 잘되는지 확인하다가 어딘가로 전화를 건다.

소라가 방에서 나온다.

소라　라면 먹을래?

기쁨　쉿!

소라　(옆으로 다가와 앉으며) 어디다 거는데.

기쁨　네 안녕하세요. 저는 저번 단편영화 공모에 작품을 출품했던
학생인데요, 당선통보가 갔는지 해서요. 네, 2월 중순에 공고
가 난다고 했는데 아직 올라온 게 없어서… 네에, 아 그럼 언
제쯤… (잠깐 사이) 네? 그죠, 원래는 그런데요 인터넷에 공고
하기 전에 미리 통보를 주신다고 해서요.
(표정 어두워지며) 아아…네. 감사합니다. (끊는다)

소라　또 떨어졌냐?

기쁨　(침울해져서) 라면 안 끓이냐?

소라　내가 이럴 줄 알고 계약서를 쓴 거야. 목소리는 변조도 못해.

기쁨　이건 저번에 낸 게 떨어진 거라고 붕신아. 이번 껀 주제가 다

르다고.

소라   (일어나서 주방 쪽으로) 저번에 껏도 너랑 나랑 췄는데 뭐.

기쁨   (다운된 목소리로) 내가 미쳤지, 저걸 파트너라고.

소라   꼬꼬면, 조개탕면?

기쁨   너 식비 내. 1/3.

소라   저건 집 있다고 존나 빼겨. 나 별로 먹지도 않는데 뭔 식비야.

기쁨   너 졸라 처먹거든. 쌀도 되게 많이 들거든.

소라   설거지, 청소 내가 다 하거든. 너 졸라 드럽거든.

기쁨   나 드러운 거 졸라 좋아하거든.

소라   아, 드러운 년. 니 똥 굵다.

기쁨과 소라가 티격태격하는 중에 초인종이 울린다.

두 사람 아무도 없는 척 조용히 한다.

서로를 보며 목소리를 낮춘 채 나가보라고 미루는 두 사람.

초인종 계속 울린다.

기쁨   (작게) 나가보라고.

소라   니가 나가.

기쁨   난 앉아 있고, 넌 서 있잖아. 나가봐.

소라   난 라면 끓이잖아. 빨리 나가.

기쁨   아이씨. (반쯤 일어나서) 누구세요?

대답 없다. 잠시 후 다시 초인종 소리.

기쁨   누구세요?!

대답 없자, 마지못해 일어나는 기쁨. 귀찮은 표정으로 문을 연다.

장현의 손에는 여행용 가방이 들려있다. 옆에는 수트케이스.
얼굴가득 환한 웃음을 지으며 반갑게 인사하는 장현.

장현 해피 뉴이어~!

기쁨 (대답도 않고 문을 잡고 서 있는)

장현 새해 인사가 너무 늦었나?

기쁨 (대답도 않고 문을 닫으려 한다)

장현 (문을 잡고) 얘 잠깐만 (문틈으로 발부터 끼워 넣는다)

기쁨 (쌩하게)

문을 사이에 두고 힘겨루기.

장현 (힘으로 밀고 들어오며) 바람 많이 분다. 옷을 너무 얇게 입었나
봐.

기쁨 (장현의 슈트케이스를 밖에 내놓으려고 한다)

장현 (슈트케이스를 뺏어가지고 들어온다)

기쁨 (문 앞에 서서)

장현 거기 서서 뭐해. 들어와. 밖에 눈 올 거 같드라.

기쁨 어쩐 일이야.

장현 얘는 오랜만에 들른 사람한테. 말 뽄새하고는. 문 닫어 추워.

기쁨 (묵묵히 쳐다만 보는)

장현 집이 왜 그렇게 추워. 보일러 좀 틀고 살어라. 돈 없니?

기쁨 … (문을 쾅 닫고 제자리로 돌아와 노트북 화면을 본다)

어정쩡하게 부엌쪽에 서 있던 소라가 인사를 한다.

소라 … 안녕하세요?

장현	어…, 손님이 있었네. 기쁨이 친구?
소라	네. 중학교 때도 인사 했었는데요…, 강소라예요.
장현	아아 맞다 옛날에 기쁨이가 막 소라빵이라고 불렀던 애구나.
소라	네. 그게 저예요…
장현	어머, 너무 많이 컸다. 우리 기쁨이랑은 여전히 친하구나.
소라	네.
기쁨	(쌩하게 소라에게) 라면이나 끓이지?
장현	라면 먹게? 참, 아빠가 갓김치 사왔는데 밥 먹자.
기쁨	(장현을 빤히 본다)

분위기가 심상치 않음을 느낀 소라가 조심스럽게 기쁨에게 다가온다.

소라	기쁨아… 나 슈퍼 가서 계란 사올게…
기쁨	그냥 있어.
소라	아니… 라면에 계란을 안 넣으면 맛이 없잖아…
기쁨	… (소라를 본다)
소라	그럼 나…방에 들어가 있을게. 음악 듣고 있으면 말소리 잘 안 들리니까 나 신경 쓰지마.
기쁨	(소라에게 뭔가 눈짓을 한다)

소라, 기쁨과 눈을 맞추고 조심스럽게 방으로 들어간다.

장현	그래, 혼자 있는 거보단 친구라도 와 있는 게 좋지. 무섭지도 않고 공부도 같이 할 수 있고.
기쁨	…
장현	고등학교까지 같은 데 떨어졌나 보네. 소라도 이 아파트 사니?

기쁨	웬일이야.
장현	뭐가?
기쁨	전화도 안하고… 불쑥.
장현	집에 일 있어서 오니? 집이니까 오는 거지. 어떻게 지냈어?
기쁨	…
장현	(외투를 벗고는) 집이 외풍이 있네. 아파트가 낡아서 그런가.
기쁨	…
장현	(거실을 한번 둘러보고) 살림살이가 이게 뭐니. 생활비 없어?
기쁨	…
장현	아빠가 왔는데 아는 척도 좀 하고 그래라.
기쁨	그러니까 왜 왔는데…
장현	그냥 왔다니까. 별일 없었지?
기쁨	언제가 궁금한데.
장현	쭈욱. 우리 언제 봤더라? 할아버지 돌아가시고 처음인가. 아니다. 49제 때 봤구나. (태연히) 벌써 1년이 다 돼가네.
기쁨	…
장현	천천히 듣자. 몸 좀 녹이고. 커피 없니?

부엌으로 가서 전기포트에 물을 올리는 장현.

장현 　(찬장을 뒤지며) 원두커피는 없니? (커피 타며) 혼자 지내긴 괜찮고? 자주 와보고 싶은데… 알지? 아빠 바쁜 거. 예전에야 할아버지 계시니까 자주 못 와도 맘이 놓였는데, 요즘은 나도 니 걱정이 많아져서…

기쁨, 대꾸 않고 노트북의 영상을 재생시키며 편집을 한다.
기쁨 곁으로 다가오는 장현.

장현 뭐니?

기쁨 (한숨. 참는)

장현 새로 찍은 거야? 요즘도 영화 찍고 그래? 무슨 영환데 응?

기쁨 ….

장현 (힐끔 보며) 우리 딸 춤 잘 추네.

기쁨 (작게 한숨)

장현 알았어. 방해 안할게. (주방으로 가서 커피를 타며) 거실에 걸린 사진 있잖아. 저번에도 말하려고 했는데, 저 사진은 영정으로 별로였어. 할아버지는 무표정이 되게 무섭거든.

기쁨 (장현을 쳐다본다)

장현 왜?

기쁨 난 할아버지 그 얼굴이 좋아.

장현 알았어. 눈에서 레이저 나오겠다. 니가 좋으면 된 거지 뭐.

기쁨 (입을 꾹 다문 채 뭔가 참고 있는 표정)

장현 아빠가 여수에서 하던 일 잘 마무리 되면 서울로 직장을 옮겨보려고 해. 그 때까지만 아빠 없이 지낼 수 있지? 이번에 전근 신청하면 거의 백프로….

기쁨 (말을 자르며) 안와도 돼.

장현 무슨 소리야?

기쁨 할아버지 아니면… 나 그냥 혼자 있는 것도 괜찮다고.

장현 애가 무슨 소리야. 할아버지야 돌아가셨으니까 어쩔 수 없지만, 니가 고아니? 아빠 있는데 왜 혼자 살아.

기쁨 … 아빠… 나 진짜, … 그 아빠 소리 좀 안하면 안 돼?

장현 아빠 소릴 안하다니…?

기쁨 … 나 할아버지… 보고 싶거든. 그냥 혼자 좀 놔둬.

장현 ….

기쁨 ….

장현   이젠 호적 같은 거 없어. 그냥 같이 살면 가족이야. 그리고 그
          건 옛날에 할아버지가 서류를 그렇게 올린 거고.
기쁨   그러니까. 할아버지랑 나랑 살았잖아. 그렇게 살았다고.
장현   ….

장현 말없이 수트케이스를 방으로 옮긴다.
안방 문소리를 듣고 문밖으로 빼꼼히 고개를 내미는 소라.
거실의 분위기를 살핀다.

소라   (작게) 아빠 들어가셨어?
기쁨   ….

짐을 두고 방에서 나오는 장현. 소라를 발견한다.

장현   소라 너도 나와서 밥 같이 먹자. 아저씨가 맛있는 거 만들어
          줄게. 방에 들어가 있으면 답답하지.
소라   아… 저는 배 안 고픈데요.
장현   저녁 때 다 됐는데 안고파도 먹어야지. 어서 나와.
소라   네… (머뭇거리며 나온다)
장현   우리 카레 해먹을까? 카레밥에 갓김치 먹으면 되게 맛있다.
          카레 좋아하지?
소라   네….
기쁨   ….
소라   기쁨이도 좋아해요.
장현   기쁨이야 카레 귀신이지. 반찬도 필요 없어. 그것만 먹어.
기쁨   나 안 좋아해. 입맛 변했어.
장현   그래?

소라	아니에요. 되게 좋아해요.
기쁨	빵소라, 갑자기 살 데가 생겼나보다.
소라	(소곤거리듯 작게) 협박하냐?
장현	뭘 협박해?
소라	아, 아니에요.

카톡! 카톡음이 울리고, 확인하는 기쁨이.

장현	방에 옷들이 많던데, 여기서 지내는 거야?
소라	네….
장현	우리 기쁨이야 친구랑 있으면 좋겠지만, 부모님이 걱정을 많이 하실 텐데.

카톡! 카톡음이 울리고, 확인하는 기쁨이.

소라	괜찮아요…
기쁨	(문자를 쓰면서, 혼잣말처럼) 가족의 붕괴지.
소라	원래 저한테 별로 관심 없었어요.
장현	그래도 부모님은 그게 아니지.

카톡! 소라의 카톡이 울린다.
카톡! 바로 후에 기쁨이의 카톡이 울린다.
카톡을 확인하는 소라와 기쁨이.
장현은 하던 말을 멈추고 뻘쭘하게 앉아있다.

장현	… 아무튼 그래도 부모님 걱정하실 테니까….

카톡! 장현의 말을 끊듯이 소라의 카톡이 울린다.

소라, 곁눈질로 기쁨을 살짝 째려보고는 카톡을 확인하지 않는다.

장현   여기 있다고 자주 연락드리고….

카톡! 장현의 말을 끊으며 다시 울리는 소라의 카톡.

장현   확인해봐.

소라   괜찮아요.

카톡! 이번에는 기쁨의 카톡이 울린다. 카톡을 확인하는 기쁨.

장현   …그러니까 내 말은, 아저씨 있어도 니가 여기서 지내도 괜찮다는 거야.

소라   감사합니다….

장현   ….

기쁨   ….

소라   카레 만들 거, 재료 준비할까요? 양파는 있는데 감자가 없거든요. 제가 나가서 사올게요.

장현   아냐 아냐. 내가 나가서 사올게. 다른 것들도 사야 되니까. (일어나는)

소라는 기쁨에게 도움의 눈빛을 보내지만 기쁨은 휴대폰만 만지고 있다.

장현   (나가며) 갔다 올게.

소라   네. 다녀오세요.

장현 나가고, 소라 문을 닫고 들어오며 숨을 고르듯 한숨을 쉰다.

소라   이기쁨 너 존나 재수 없거든. 이런 식으로 나한테 카톡 보내 지마.

기쁨   드립치지 말고 빨리 라면이나 끓여. 오기 전에 먹어버리게.

소라   카레는. 안 먹게?

기쁨   너 혼자 먹든가. (부엌으로 가서 라면 물을 올리는)

소라   아아…씨발, 이러다 나 집에 들어가야 되는 거 아냐. 이제 갈 데도 없는데. 완전 비상사태다. 멘붕의 도가니. 으….

소라 혼자 괴로워할 뿐, 기쁨은 동요하지 않고 라면 물을 끓인다.

4. 아파트 앞 • 지호와 노숙자

아파트 앞. 지호가 스마트폰을 들고 혼자 서성이고 있다.
옷을 얇게 입어 덜덜 떠는 지호. 문자를 썼다 지웠다 하고 있는데,
경비아저씨가 지나가다가 지호를 본다.

경비아저씨　자주 보네.
지호　… 안녕하세요.

어정쩡하게 고개를 숙여 인사하고는 몸을 돌려 다른 곳으로 가는 척
하는 지호.

경비아저씨　(화단에 버려진 장난감을 치우며 혼잣말) 이런 걸 여기다가. 재
활용통이 코앞인데 사람들이 참. (장난감을 들고 나간다)
지호　(아저씨가 나가자 음성 녹음을 한다) 저기…나 지호야. 갑자기 좀
그렇지만… 뭐 물어볼 게 있는데, 나 니네집 앞이거든. …잠
깐 만날 수 있을까…? (녹음한 것을 들어본다. 마음에 들지 않는
지) 아우 씨. 병신 같애.

녹음을 지우고 문자를 보내려 하는데, 어느새 노숙자가 다가와 있다.
놀라는 지호. 경비아저씨에게 모르는 사람이라고 했던 것이 생각나
덜컥 겁이 난다. 그렇다고 인사하기도 뭐하고 도망가기도 뭐한 상황
이다.

지호　저기… 저번에는… 저기….

노숙자　(빵을 준다)

지호　(고개를 젓는)

경비아저씨가 나갔던 쪽에서 커다란 짐짝을 들고 다시 들어온다.

경비아저씨　저기 학생, 학생. 이것 좀. (노숙자를 발견하고) 아니 이사람
　　　　　또 왔네.

지호　(안도의 한숨을 내쉬며 반사적으로 짐을 받는. 무겁다…)

경비아저씨　여기 오지 말라고 했어요 안했어요. 옷을 준다고 해도 안
　　　　　받고. 아휴 냄새. 아저씨. 왜 자꾸 이쪽으로만 와. 여기 아는
　　　　　사람 있어요? 그러지 말고 나 좀 봅시다.

지호　이거 어디다 놓을까요?

경비아저씨　아 그거. 관리실 옥상에 올려놔야 되는데. 가벼운 줄 알고
　　　　　입구에 부려달라고 했더니 솔찮이 무겁네. 내가 허리를 삐끗
　　　　　해서.

지호　그럼 관리실로 가져갈까요?

경비아저씨　어 어 그래. 두 개 더 있어.

지호　아… 네.

경비아저씨가 지호와 얘기를 나누는 사이, 노숙자 가버린다.

경비아저씨　(멀어지는 노숙자의 뒤에 대고) 나 좀 보자니까 그냥 가면 어
　　　　　떡해.

지호, 짐을 들고 관리실 쪽으로 나간다. 경비아저씨 따라간다.

기쁨과 소라가 집에서 나온다.

기쁨	지하주차장이 낫다니까.
소라	그건 빌딩주차장이지. 여기가 그 삘 나겠냐?
기쁨	촬영장소는 내가 정한다.
소라	뮤비에 나오는 주차장은 다 세트야. 조명빨이라고 붕아.
기쁨	지하 1층엔 센서 있어. 그리고 어제 찍어봤는데, 뒤쪽 벽이 포스 작살이야.
소라	포스 좋아하네. 호러뮤비 찍냐?
기쁨	넌 춤이나 잘 춰. 쭈글이처럼 하지 말고.
소라	삼일 연짱 카레 먹었더니, 방구 존나 나와.
기쁨	아 미친년. 냄새 나. 저리 가.
소라	(기쁨이 가까이로 자꾸 붙으며 냄새를 날리는)

기쁨이와 소라 장난치며 지하주차장으로 향한다.

두 사람 나가면,

무대는 관리실 건물 앞으로 변한다.

지호가 옥상에 짐을 올려놓고 내려오는데 다시 노숙자가 나타난다.

당황하는 지호.

지호	경비아저씨한테 모른다고 한 건 일부러 그런 게 아니구요. 진짜 모르니까 그런 거예요….
노숙자	….
지호	(눈치를 보며 발길을 옮긴다)
노숙자	(거리를 두고 따라가는)
지호	(뒤돌아보고는 조금 더 빨리 걷는)
노숙자	(빨리 따라간다)
지호	왜 따라오는 거예요.

노숙자 (멈춘다) ….

지호 (다시 걸어간다)

노숙자 (따라간다)

지호 (되돌아서서) 왜 자꾸 오는 건데요. 내가 뭘 잘못했다고 그러는
거예요. 아 진짜 미치겠네. (발걸음을 빨리하는)

노숙자 (더 빨리 따라가는)

지호 아 진짜 왜 그래요. 미쳐 돌아가시겠네 진짜. 아 빡쳐. 씨이.
(달린다)

노숙자 (달려서 따라 나간다)

5. 롯데리아 · 슬기와 민지

슬기와 민지, 테이블 위에 단팥빵을 쌓아놓고 먹고 있다.
그 옆에는 두 잔의 콜라와 각자의 가방에서 나온 소지품들이 놓여
있다.

민지 이거 언제 다 먹냐.

슬기 지나면 먹지도 못해. 빨랑 먹어.

민지 아 토 쏠려. 이거 유기농 밀가루 맞냐?

슬기 유기농이 얼마나 비싼 줄 알아? 밀가루는 곰표가 진리야.

민지 어쩐지. 맛 존나 없더라. (먹던 빵을 내려놓으며) 야 다슬기, 우리가 돈을 벌어야 하긴 하지만, 양심에 털난 짓은 하지 말자. 하루종일 추위에 떨면서 존나 구라친 거잖아.

슬기 뭐가 구라야. 앙꼬에 들어간 팥은 국산이야. 인계시장에서 다라이에 놓고 파는 할머니한테 샀어.

민지 그 입술 새빨간 할머니? 그거 다 중국산이야. 골판지 이렇게 세워놓고 파는 거. 중국산이라고 써진 글씨는 팥 안에 숨어있어.

슬기 씨발 진짜야?

민지 또 병신짓 했네.

슬기 그 할머니 그렇게 안 봤는데. 어쩐지 입술이 존나 빨갛더라

민지 재료는 고급재료를 써야지.

슬기 그럼 니가 시장 봐오든가. 팥 불리고 삶는 거 얼마나 오래 걸리는 지 알아?

민지 워워. 흥분하지 말고. 문제를 파악해보자. (빵을 해부하며) 팥은

나쁘지 않아. 근데 너무 달아. 웰빙 느낌이 안 와.

슬기   (밀가루 부분을 먹어보며) 밀가루의 간이 안 맞나?

민지   밀가루에도 소금 넣어?

슬기   당연하지. 팥에도 넣는 거야.

민지   그래? (먹어보고) 니 말 들으니까 좀 싱거운 거 같애. 아무튼 전체적으로 맛이 없어. 쉣이야.

슬기   (부정하고 싶지만 민지 말이 맞다. 그래서 웃음이 나온다) 씨발 내가 먹어봐도 존나 맛없다.

민지   (쇼핑백에 빵을 싼다)

슬기   왜?

민지   그 아저씨 줄라고.

슬기   노숙자?

민지   응. 우리가 빵 줄 때 존나 좋아했잖아.

슬기   씨발 내 빵은 노숙자만 좋아하는 건가.

민지   (거울을 놓고 사이다를 자신의 잔에·나눠 따르며) 그러지 말고 니가 말한 음악실험 한번 해보자. 그리고 비닐포장을 존나 예쁘게 만드는 거야. 헤비메탈 들려주면서 구운 건, 포장봉지에 전자기타 같은 거 간지나게 그리고 클래식은 어… 피아노 그리자.

슬기   포장값이 더 들겠다.

민지   내가 할게. 집에서 칼라 프린트 해가지고, 라벨지 만들면 돼. 리본 묶고.

슬기   해보든가.

민지   우리 돈 벌면 뭐할까?

슬기   뭐하긴 성형해야지.

민지   나도나도나도나도. 그담엔?

슬기   부족한데 또 해!

민지	나도나도나도나도
슬기	그담엔?
민지	아직도 부족한데 있으면 또 해야지 나도나도나도.
슬기	그만해. 성형 말고 하고 싶은 거.
민지	음… 쇼핑.
슬기	나도. 진짜 비싼 옷 사보고 싶다.
민지	난 그냥 백화점 명품관 들어가서, 가격 하나도 안보고, 여기서부터 저기까지 주세요, 그러는 거 있잖아, 드라마처럼. 그냥 이쁜 거 있으면 집어넣는 거야. 가격표보고 그러는 거 안하고. 싹 쓸어오는 거지.
슬기	나도
슬기·민지	빵팔아서 될까~~
슬기	로또사자
민지	로또?
슬기	로또!
민지	로또!
슬기	난 로또 되면 회사 하나 차려서 우리아빠 취직시켜 줄 거야. 아니다. 아예 우리 아빠 사장 시키고, 우리 엄마 같은 베트남 사람들 다 채용할 거야. 우리아빠 완전 IMF 폐인이잖아.
민지	아직도 IMF폐인?
슬기	그래 아직도! 언제 적 아이엠에프냐. 난 보도 겪도 못한 IMF 영향을 아직도 받고 있다. 글로벌 경제위기는 대체 언제 끝나냐. 우리아빠 구제시켜줄 사람은 나 밖에 없는 건가.
민지	난 로또 되면 무조건 우리 엄마 반주고, 전용면적 132제곱미터 롯데캐슬 사주고 이혼시키고, 반은 부동산 투자랑 성형, 나머진 다 쇼핑할 거야.
슬기	존나 체계적이다 (사이다를 마시며) 로또 하나면 인생이 바뀌

는데.

민지   존나 바뀌지.

슬기   (사이다를 마시며 창밖을 보는. 노숙자를 발견하고) 어? 노숙자 아
저씨다. 내 빵을 좋아해줘서 그런가. 존나 반갑네. (빤히 쳐다보
다가) 저 아저씨 보면…우리 아빠가 저렇게 될까봐 겁나. 존나
무서워. 나중에 어디서 빵 먹고 있는 거 아니냐.

민지   아니야 너네 아빠가 절대 그럴 리 없어.

슬기   (빵이 담긴 쇼핑백을 들고 일어나며) 나 빵 주고 올게.

민지   내가 줄 꺼야.

슬기   내가 줄 꺼거든.

슬기와 민지 쇼핑백을 들고 나간다.

6. 아파트 공원의 연못가 • 장현과 기쁨

아파트 공원의 작은 연못가. 벤치 두 개가 나란히 놓여있다.
장현이 건빵 두 봉지를 옆에 두고 물고기 밥을 주고 있다.
한 봉지는 뜯어져 있고 다른 한 봉지는 새 거다.
장현은 새 봉지를 옷 속에 숨기고는 뜯어진 봉지를 들고 경비아저씨
의 눈을 피해 건빵 하나을 던지고 잽싸게 숨기기를 반복한다.
몇 번 그러다가 용기를 내 한 움큼 집어 던지려는데 어느새 한 경비
아저씨가 옆에 바짝 다가와 서 있다.
잽싸게 과자봉지를 숨기는 장현.

장현   (눈치 살피며) 보셨어요?

경비아저씨   (무뚝뚝) 봤어요.

장현   지금 던지려다가 그만 둔 것도 보셨죠?

경비아저씨   쟤네가 먹고 있는 건 뭐고요?

장현   글쎄요….

경비아저씨   연못 관리를 할 수가 없다니까요. 여기는 아이들 학습장으
           로 쓰라고 주민들이
           돈 내서 만든 거예요. 관리를 해야 애들이 학습을 하죠.

장현   죄송해요.

경비아저씨   새우깡이죠?

장현   아니에요.

경비아저씨   (이해할 수 없다는 듯) 추운데 왜 여기 앉아서 연못을 흐리세
           요.

장현   그냥 앉아 있으면 더 춥잖아요….

경비아저씨 잉어는 겨울에 자느라 먹이 안 먹어요.

장현 어 계속 받아먹던데. 이것보세요. (손에 움켜쥐고 있던 과자를 던지고) 먹죠? 안자는 애들 많아요.

경비아저씨 주지 말라니까요!

장현 네….

경비아저씨 새우깡 맞죠?

장현 진짜 아니에요 새우깡.

경비아저씨 그럼 대체 뭡니까?

장현 (봉지를 내보이며) 건빵이에요

경비아저씨 건빵이요? (얼굴이 환해진다) 말씀을 하시지.

장현 네?

경비아저씨 돼요 건빵은.

장현 돼요?

경비아저씨 기름이 안 뜨잖아요, 건빵은. (봉지를 들여다보며) 보리 건빵이네.

장현 아아 건빵은 되요?

경비아저씨 되죠. 건빵인데.

장현 난 또… 그렇죠 구운 거니깐.

그 때 소라가 우울한 표정으로 어깨를 축 늘어뜨린 채 걸어온다.
기쁨이네 아파트동 쪽으로 들어가려다가 장현을 발견하고 아는 척을
하는 소라.

소라 (장현에게) 안녕하세요. (경비아저씨에게) 안녕하세요.

장현 어. 이제 오니?

경비아저씨 아는 사이냐?

소라 네. 405호요.

경비아저씨   아. 405호 사장님이시구만.

장현   아 예….

경비아저씨   난 또 누구시라고. 제가 온지 얼마 안돼서. 지방에 계신다
는 분이죠?

장현   예.

경비아저씨   그러시구나. 따님하고는 안 닮았네요.

장현   예….

경비아저씨   아주 오신 거예요?

장현   잠깐 들렀습니다. 이게 올라와야죠.

경비아저씨   그럼요. 집에 제일 편하죠. 그럼 쉬시다 들어가세요. 저는
또 한 바퀴 돌아봐야 돼서.

장현   예. (반사적으로 한 움큼 던져준다)

경비아저씨   아니, 그렇게 한꺼번에 던지면 안되신다니까….

장현   예? 조금 아까 된다고 하셔서…

경비아저씨   물 위에 남는 거 없이, 싹 먹고, 안뜰 정도로만 주세요.

장현   예에. 싹 먹고 안 뜨게요.

경비아저씨   적당히 주세요. (나간다)

소라의 카톡이 울린다.

소라   (카톡을 확인하며) 기쁨이가 보낸 카톡이에요. 나오라고 할까
요?

장현   아냐.

소라, 서서 문자를 보낸다.

장현   (품속에 숨기고 있던 봉지를 꺼내 보이며) 줘볼래? 건빵은 된대.

소라, 봉지를 받아들고 옆쪽 벤치에 앉는다.

건빵 봉지를 뜯어 건빵을 한 개 던져 보는 소라.

장현   (들고 있던 건빵을 입에 넣고 오물거리며) 이상하지? 이게 물고기
         밥으로 샀는데 자꾸 입에 넣게 된다.

소라   (먹어보는) 생각보다 맛있어요.

장현   뭔 일 있었어? 얼굴도 그렇고. 왜 기쁨이랑 같이 안오고.

소라   자율학습 끝나고 기쁨이는 먼저 갔구요. 저는 쫌 돌아다니느
         라구요.

장현   (넌지시 떠보듯) 우리 기쁨이는 학교에서 친구 많니?

소라   왜요?

장현   그냥. 내가 옆에 없어서 너무 혼자만 있는 것 같고. 너무 방어
         적인 성격이 된 거 아닌가 싶어서.

소라   쫌 그런 편인데요, 저랑은 그런대로 맞아요.

장현   다행이네. 그런 친구가 있어서.

소라   근데 전 아저씨 탓이 아니라고 생각해요.

장현   응?

소라   부모가 옆에 있어도 혼자 있는 것보다 더 외로울 때도 있거든
         요. 세상에서 제일 외로운 게 가족한테 따 당하는 거거든요.

장현   왕따?

소라   네.

장현   내 얘기 하는 거 같아서 뜨끔한데.

소라   사실은요, 저희 부모님이 별거 중이시거든요. 그래서 나도 뭔
         가 보여주겠다 그러고 집나온 건데… 완전 무관심한거죠. 며
         칠째 엄마가 전화가 안돼요. 전화도 안 받고 카톡 확인도 안
         하고요.

장현   그럼 그냥 들어가.

소라	절대 그럴 수 없어요. 숨 막혀요.
장현	별일 없을 거야. 저 건너편 빌라에 산다고 했지? 기쁨이한테 한번 가보라고 해. 아니 내가 가봐줄까?
소라	(급히 고개를 저으며) 아니요. 괜찮아요. 오빠한테 문자로 물어봤으니까 답장 올 거예요. 오빠 군대에 있어서 엄마가 오빠 문자는 절대 안 씹거든요.

사이.
노숙자가 뒤쪽으로 지나가다가 멀찍이 서서 장현과 소라를 바라본다.

장현	(손가락으로 연못을 가리키며) 저기 움푹 팬 연못가랑 저기 나무들 많은 곳이랑… (고개를 옆으로 빼며) 이렇게 보면 하트 모양 같지 않니?
소라	(몸을 기울여 보고는) 와. 진짜 그러네요.
장현	우리가 그 놈들 좀 깨워 놔볼까?
소라	어떻게요?
장현	물수제비.
소라	여기서요? 물수제비 못 하는데.
장현	봐봐. (건빵을 들고) 물수제비란 게 통통통 세 번 이상 떠져야 좀 떴다 싶거든. (던진다)
소라	(아쉬워하는) 아, 두 번이다.
장현	해볼래?
소라	(던진다) 아 퐁당이다.

소라가 던지는 사이 천천히 두 사람 사이로 다가오는 노숙자.
아무렇지 않게 벤치에 놓인 건빵 봉지에서 건빵을 꺼내들고는 장현과 소라 사이에 서서 물수제비를 뜬다. 놀랍게도 노숙자는 한번에 여

섯 번을 뜬다. 그리고는 나가버리는 노숙자.

장현과 소라, 황당한 노숙자 때문에 한바탕 웃는다.

장현	… 잉어는 몇 년이나 사는지 아니?
소라	글쎄요. (생각하며) …한 십년?
장현	(고개를 가로젓는) 그보다는 더 살지.
소라	… 이십년?
장현	아니야. 병풍에도 그리잖아. 십장생이랑 같이.
소라	그럼 삼십년은 살겠죠?
장현	오십년 정도 살 거야.
소라	와. 진짜 오래 사네요. 물고긴데.
장현	큰 연못에 가면 나보다 늙은 애들도 꽤 있을 걸.
소라	늙은 잉어는 좀 징그러울 거 같아요.
장현	그럴지도 모르지. 내가 삼백년 넘게 산 자라 얘기 해줄까? 자라도 거북이처럼 오래 사는 편인데… 이 자라는 지가 거북인 알고 더 오래 산 거야.
소라	거북이라고 생각하면 더 오래 살 수도 있나요?
장현	그럼. 분수를 모르는 자라긴 해도, 자신이 거북이라는 데에 한 번도 의심을 하지 않았을 테니까 문제될 게 없잖아.
소라	아….
장현	… 그런데 거북이가 왜 오래 사는지 알아?
소라	원래 장수 동물이잖아요.
장현	맞아. 걔네는 숨을 천천히 쉰대. (심호흡을 해보이며) 일분에 두세 번쯤? 해봐.
소라	(따라해 보며) 숨 막혀 죽겠는데요.
장현	(심호흡) 우린 거북이가 아니니까… 그래도 가끔은 심호흡이

필요하다고 생각해. 깊게… 천천히… 소라가 우리 기쁨한테도 가르쳐줘, 심호흡.

소라   아저씨가 가르쳐 주세요. 기쁨이가 좋아할 거예요.

장현   기쁨이는 내 말 안 들어. 일부러 반대로 할 걸. 아마 헐떡거리면서 숨 몰아 쉴 거다. 걘 나랑 딱 반대거든. 기쁨이 할아버지랑 내가 그랬어. 기쁨이가 날 엄청 싫어하거든.

소라   걔 겉으로만 그러는 거예요.

그때 얼굴이 울그락불그락해진 기쁨이가 두 사람에게 다가온다.
기쁨이는 집에서 급히 나온 것처럼 츄리닝 차림에 점퍼를 껴입었다.

기쁨   뭐야!

소라   집에 가는데 니네 아빠가 여기 계시더라구.

기쁨   (소라 얘긴 듣지도 않고 아빠를 째려보는)

장현   이제 집에 들어가려고 했는데.

기쁨   왜 내 친구 만나.

장현   집에 가는데 우연히 만난 거지. 너 그거 땜에 그렇게 뛰어 나온 거야?

기쁨   내가 아는 사람들 만나지 마!

소라   야, 너 왜 그래.

장현   너 왜 그래….

소라   (두 사람 눈치를 보다가) 저는 일이 있어서요. (자리를 피하듯 나간다)

장현과 기쁨의 팽팽한 침묵이 흐른다.

장현   너 지금 뭐하는지 알아?

기쁨	내가 아는 사람들 만나지도 말고 아는 척도 하지 마.
장현	만나면 좀 어때서. 창피하니? 아빠가 창피해?

기쁨은 꼼작도 하지 않고 서서 아빠를 노려본다.
그러다가 왈칵 울컥 눈물이 쏟아진다.

장현	아빠가 집에 들어오는 게 그렇게 싫니?
기쁨	….
장현	기쁨아….
기쁨	말하지 마.
장현	기쁨아
기쁨	말하지 말라고.
장현	기쁨아….
기쁨	말하지 말라고! 말하지 말라니까!
장현	그래. 화내도 돼. 화 내.
기쁨	내가 왜 화 내? 화 안 낼 거야.
장현	…미안하다.
기쁨	….
장현	아빠 철없는 거 알잖아. 너 놓고 집 나왔다 들어갔다… 들어갔다 나왔다… 니가 훌쩍 커버려서 집에 오는 게 더 어려웠어.
기쁨	….
장현	그리고 예전에 아빠가 할아버지한테 했던 말, 진심 아니었어. 니가 잘못 들은 거야. 아빠가 엄마를 좋아하진 않았지만, 그렇다고 널 덜 사랑하거나 그런 건 아니야. 아빠 아빠 인생을 살고 싶어서 그랬던 거고…
기쁨	그래서 뭐. 그게 어쨌다고. 이제 와서 다 이해하고 좋아하라

구?

장현 미워만 하지 말라구….

기쁨 ….

장현 그때로 돌아간다 해도, 나… 바보 같은 짓을 똑같이 하겠지만… 이제 정말 잘해보려고 그래. 아빠한테 한번만 기회를 줘봐.

기쁨 하나만 물어볼게. 아빠…나 낳은 거 좋았던 적 있었어? 엄마가 나 임신해서 아빠에게 말했을 때, 아빠 내 존재 알고 기쁘기나 했어?

장현 ….

기쁨 그럼, 내가 커가는 걸 보는 게 아빠에게 기쁨이었던 적이 있었어? 한번이라도 아빠한테 기쁨이었던 적 있었냐구!

장현 ….

기쁨 대답 못하네.

장현 … 지금은 좋아.

기쁨 지금 말고 그때!

기쁨 진짜 이기적이다. 나한테 어떻게 그런 말을 해? 난 초등학교 때부터, 니네 아빠 이상하단 얘기 듣고 자랐어. 그게 뭔지나 알아? 할아버지가 아빠 내쫓았을 때도 난 아빠 편이었는데. 엄마는 나 놓고 도망갔지만 아빠가 날 버리지 않아서 고맙다고 생각했는데. 아빠는 내가 귀찮았던 거야. 난 아빠가 왜 남자친구만 있는지 한 번도 물어본 적 없는데… 아빠는 내 입장에서 생각해 본 적 한 번도 없었어. 맨날 자기 맘대로고.

장현 ….

기쁨 할아버지가 나 왜 좋아해 주셨는지 알아? 핏줄은 서로 땡기는 거라고 그랬어. 아들은 맘에 안 들어도 아들이 만들어준 혈육이라서. 마음대로 밖으로 나돌아도 나 하나 세상에 내놓고,

할아버지한테 가족을 만들어줘서, 그거 하나 잘한 일이라고… 아빠가 그거 알아?

장현 기쁨아… 아빠가 미안해….

기쁨 ….

장현 … 미안해.

기쁨 뭐가 미안해. 대체 뭐가 미안한데.

장현 아빠가 아빠여서 미안해….

기쁨 진짜 짜증나. 진짜 싫다. (가려한다)

장현 기쁨아 잠깐만… (돌아서는 기쁨을 잡는)

기쁨 잡지마. 나 폭발하면 할아버지만 말릴 수 있는데, 돌아가셨잖아. 아빤 감당 못해. 알았어?

기쁨의 퍼런 서슬에 놀라 더 이상 잡지 못하는 장현.
화가 나서 나가던 기쁨이는 집으로 가는 지호와 부딪친다.
기쁨이와 마주치지 않으려고 이 길을 택한 지호는 어찌할 바를 몰라
한다.

기쁨 (화를 내며) 넌 뭐야. 너 스토커야? 왜 자꾸 내 앞에서 알짱거려!

지호 난…. (흐윽)

기쁨 누가 좋아해 달랬어? 니가 좋아해주지 않아도 나 잘 살아. 내 눈 앞에서 꺼져. 짜증나니까 보이지 말란 말야. 너 같이 상대방 이해 못하고 알짱거리는 게 제일 싫어. 존나 짜증나! 존나 재수 없어!

아빠에게 퍼붓듯 폭발적으로 지호에게 화를 내는 기쁨.
지호도 그게 아니라고 뭐라 대꾸하며 화를 내고 싶지만, 장현이 보고

234

있어서 어떻게 해보지 못한다.

기쁨이 지호를 밀치듯 지나쳐 나가버린다.

지호는 자존심 상하고 쪽팔리고 화나고 억울해서 어쩔 줄 몰라하며 서 있다.

장현이 우두커니 서 있다가 기쁨이 나간 방대 방향으로 나간다.

지호 무너지듯 벤치에 앉는다.

지호   … 씨. (눈물을 훔치는) … 에이 씨.

지호는 귀에 이어폰을 꽂는다. 벤치에 장현이 남기고 간 건빵이 보인다.

봉지를 들고 건빵을 연못에 던지는 지호.

하나 던지고… 하나 먹고… 그러다가 욕하고… 눈물을 닦고… 화를 낸다.

어느새 노숙자가 다가와 옆쪽 벤치에 앉는다.

노숙자는 소라가 놓고 간 건빵 봉지를 발견하고 먹는다.

노숙자를 발견한 지호. 참고 있던 짜증과 화가 폭발한다.

지호   아~ 씨. 아저씨 뭐예요. 스토커예요? 왜 자꾸 따라다녀요. 아 저씨가 뭔데 자꾸 내 앞에서 알짱거리냐구요. 좀 꺼져요. 내 눈 앞에서 꺼지라구요. 짜증나니까 보이지 말란 말예요. 아~ 존나 짜증나~! 에이 씨발.

지호는 열 받아서 말을 하긴 했지만 덜컥 겁도 나고 속이 시원하지 가 않다.

자기를 쳐다보고 있는 노숙자를 보니 걱정도 된다.
이제 어떡해야 되나 망설이던 지호, 벌떡 일어나 도망간다.
노숙자 지호를 따라간다.

7. 쪽팔린 건 죽음과 같아

무대 한쪽 밝아지면. 거리다.
컴퓨터 수리점에 들렀다가 돌아오는 기쁨이와 소라.
기쁨이는 노트북을 들고 있다.

소라   너 아직도 화 안 풀렸냐?

기쁨   풀렸어.

소라   안 풀렸네. 목소리가.

기쁨   이게 풀린 목소리라고.

소라   존나 말도 없고. 화났네.

기쁨   니가 지금 내 화를 끄집어내고 있거든.

소라   이제 좀 풀리기 시작하네.

기쁨   장난하냐?

소라   똥폼 좀 잡지 마. 너 그러면 존나 재수 없거든.

기쁨   인생이 허무해서 그런다.

소라   존나 오글거려.

기쁨   니가 무슨 인생을 알겠냐.

소라   니네 아빠 진짜 주말에 내려갈 건가봐.

기쁨   너한테는 잘 된 거 아냐?

소라   언제 다시 온대?

기쁨   몰라.

소라   전근 신청은 하겠지?

기쁨   모른다고. 관심도 없고, 하든지 말든지.

소라   우리 엄만 딸이 집을 나갔는데, 싱가포르 여행이 가고 싶을까?

기쁨	니네 이모가 아파서 가신 거라며.
소라	그건 그거고
기쁨	나도 외국에 친척이나 있었음 좋겠다.
소라	씨발 군대 간 아들한테는 말하고, 집나간 딸은 무시하고. 뭐냐 진짜. 존나 투명인간 취급이야.
기쁨	그러니까 니가 어리다는 거야. 무시를 하든 말든 관심을 꺼, 나처럼. 난 진짜 우리 아빠가 연락 안할 때가 훨 편해. 귀찮아.
소라	진짜?
기쁨	진짜 진심 진정으로. 훨 편해.
소라	야 그럼 우리 서로 부모 체인지할까? 난 니네 아빠 맘에 들거든. 난 엄마아빠 둘 다 주께 바꾸자. 어 바꾸자.
기쁨	야. 말 같은 소리를 해라.
소라	나도 됐거든.
기쁨	아 이놈의 승질.
소라	인간이 아무리 열 받아도 어떻게 노트북을 던지냐.
기쁨	열 받는 데 보이냐?
소라	난 진짜 아무리 열 받아도 비싼 건 안 던진다. 지금까지 찍어놓은 것도 거기 다 들었잖아. 하드 복구해도 컴이 있어야 보지.
기쁨	아. 그거 생각하니까 또 열 받잖아.
소라	눈 딱 감고 아빠한테 사 달라 그래. 너 편집 못하면, 접수도 못해. 그게 뭐야.
기쁨	쫌 있어봐. 방법이 있겠지.
소라	방법이 없는데?
기쁨	넌 니네 엄마한테 전화나 해.
소라	됐거든. 내가 전화했는지 관심도 없을 거야. (스마트폰을 꺼내서 보는) 이럴 줄 알았어. 아직 카톡 확인도 안했어.
기쁨	유심 바꾸면 그래. 오늘 온대?

소라 잠깐. 이거 뭐야.

기쁨 왜.

소라 이거 봐. 송지호 상태메세지 완전 쉣인데.

기쁨과 소라 함께 지호의 카톡 상태메시지를 본다.

무대 반대쪽 밝으면, 관리실 옥상.

지호가 따라 붙는 노숙자를 떼내려고 피하다가 관리실 옥상까지 간다.

노숙자도 묵묵히 지호를 따라 붙는다.

지호 진짜 그만 좀 따라와요. 도대체 왜 그래요. 나한테 왜 그러는 건데요. (난간 쪽으로 가며) 아저씨 당장 안 내려가면 저 그냥 확 뛰어내릴 거거든요.

노숙자 (그러지 말라는 뜻으로 고개를 저으며 한발 다가온다)

지호 (뒤로 한 발 물러나며) 오지 마요. 진짜 오지 마요. … 아까 제가 욕한 거 때문에 그러는 거면 사과 하면 되잖아요. 죄송하다구요. 죄송하긴 한데요, 저 열 받을 때마다 아저씨가 따라온 거 잖아요. 저한테 감정 있으세요?
저도 혼자 있고 싶어요. 집에서도 혼자 못 있고, 밖에서도 혼자 못 있고. 음악 듣는 건 고사하고 슬플 겨를도 없잖아요. 대체 왜 그래요.

노숙자 (조금 더 다가온다)

지호 (뒤로 물러난다. 난간에 너무 가까워졌다) 아 씨….

노숙자 (다가오더니 주머니에서 빵을 꺼내 내민다)

지호 (받을 수도 없고 안 받을 수도 없는. 일단 받는다)

노숙자 (주머니에서 자기 몫의 빵을 꺼내 먹는다)

지호	(앞에서 노숙자가 먹으니, 먹을 수도 없고 안 먹을 수도 없다)
노숙자	(먹으며 지호를 빤히 쳐다본다)
지호	(에라 모르겠다. 죽기야 하겠어. 빵을 뜯어 먹는다. 의외로 먹을 만하다)

빵을 다 먹은 노숙자는 지호에게 목에 걸린 이어폰을 달라고 손짓
한다.

지호	(이어폰을 가리키며) 이거요?

지호가 마지못해 이어폰을 빼서 주자 노숙자는 mp3도 달라는 손짓
을 한다.
지호 이어폰과 mp3를 둘 다 준다.
노숙자 이어폰을 꽂고 말없이 음악을 감상한다.

노숙자	(음악을 듣다가 한쪽 이어폰을 빼고) 니가 만든 노래야? (의외로 밝고 건강한 목소리다)
지호	… 네.
노숙자	(이어폰으로 들으며) 카니발 콥스 좋아하는구나.
지호	어? 카니발 콥스 완전 좋아하는데, 어떻게 아셨어요? 요즘은 메탈 좋아하는 사람 없는데.
노숙자	들으면 알지. 메탈 그룹 중에서는 누구 좋아하니.
지호	모비드 엔젤이랑 오비추어리요
노숙자	데스메탈 팬이네. 또?
지호	주다스 프리스트요.
노숙자	메탈의 갓으로 불릴 만 하지. 그 엄청난 쇳소리를 누가 따라 가겠니.
지호	정말 보컬이 대박이에요. 아이언 메이든도 좋아해요.

노숙자	영국의 정통 헤비메탈 그룹들도 좋아하는구나. 딥 퍼플도 빼놓을 수 없지.
지호	블랙 사바스도요.
노숙자	슬립낫도 있고
지호	스키드로도 좋아요.
노숙자	… 그리고 니 음악도 좋다. 곡이 아주 좋아. 재능 있어.
지호	정말요? (좋아하는)
노숙자	웃는 거 처음 본다.
지호	…?
노숙자	내가 쭉 널 지켜 봤는데, 한번도 웃지 않더라구.
지호	왜 절 따라다니신 거예요.
노숙자	… (음악을 듣는다) 난 스무 살부터 노래를 불렀지. 밴드를 결성하고 음악에 내 모든 걸 바치고.
지호	….
노숙자	메탈을 사랑해?
지호	사랑까지는 잘 모르겠는데요….
노숙자	사랑 없이 할 수 없는 일이야.
지호	….
노숙자	나는 사랑하냐구? 내가 메탈을 할 수 밖에 없었던 것은 한 가지 질문에 대한 답을 찾기 위해서였어.
지호	….
노숙자	메탈을 사랑해? … 그 한 가지 질문에 대한 답을 찾는 여정. 난 12살 때부터 메탈의 폭력성과 죽음의 이미지에 끌렸거든. 어떤 메탈리스트들은 방화를 저지르고 살인도 했지. 세상 사람들은 그들이 메탈을 했기 때문에 살인범이 되고 방화를 한다고 얘기해. 실제로 노르웨이에서는 교회에 불을 지르고 집단 자살을 하기도 했어. 하지만 우리 삶은 더 끔찍해. 어디서

건 죽음의 이미지는 넘치고, 방화와 살인은 일어나. 꼭 메탈 때문만은 아닌 거지. 메탈은 삶을 닮았어.

메탈은 삶을 비추는 하나의 작은 호수일 뿐이야.

메탈을 사랑해? 사랑하지. 그런데 어떻게 사랑해야 하지?

메탈의 창시자는 의견이 분분하지만 대체적으로 블랙사바스로 모아지지.

블랙사바스는 메탈의 창시자야.

블랙사바스가 악마의 음악을 처음연주한지 35년이 지났지.

그리고 나 역시 메탈에 끌린 지 35년이야.

블랙사바스의 음악과 나. 나는 악마의 음악과 같은 나이지.

내가 메탈을 할 수 밖에 없었던 것은 한 가지 질문에 대한 답을 찾기 위해서였어. 난 메탈을 사랑해. 그걸 어떻게 증명해야 하지.

그래서 메탈이라는 여행을 시작하게 된 거야.

왜 헤비메탈은 거절되고 편견에 휩싸여 있고 남들로부터 증오되어 왔을까. 왜 사람들은 헤비메탈을 거절했는가.

내가 알게 된 점은 메탈은 우리가 피하려 하는 것과 맞선다는 거야. 우리가 피하고자 하는 무엇이든, 그것이 불안감이든 뭐든 맞서서 싸운다는 거야.

우리가 반대하는 것을 찬양한다는 거야.

우리가 무서워하는 것을 탐닉한다는 거야.

그래서 메탈은 항상 아웃사이더의 음악일 수밖에 없어.

나와 웅기에게 메탈은 머물 곳이야. 세계를 여행하는 모터보트 같은 거지.

메탈을 듣게 된 후부터 난 내가 훨씬 나은 사람이 되었다고 확신해.

메탈은 널 평가하거나 비판하지 않아.

항상 널 위해 있어줄 뿐이야.

난 12살 때부터 메탈에 대한 사랑을 지켜왔어.

음악이 저급하다고 생각하는 사람들이 너무 많아서 난 메탈을 혼자서 외롭게 지켜야만 했지.

지금 나는 나에게 말할 수 있어. 사랑해라고. 사랑해, 사랑해, 사랑해. 정말로 사랑해.

지호 ….

노숙자 너한테 하는 얘기는 아니니까 너무 긴장하진 마라.

지호 네.

노숙자 메탈은 느끼거나 못 느낀다, 둘 중에 하나라고 생각해. 운명적이지. 메탈이 너에게 엄청난 힘과 너의 뒷머리털을 번쩍 일으켜 세우지 못한다면 아마 평생 못 그럴지도 몰라. 그래도 괜찮아. 메탈에 다가가고자 하는 마음만 강직하다면 메탈은 언제든 너의 뒷덜미를 강력하게 때리며 너에게 엄청난 힘을 몰아넣어 줄 테니까.

(난간에 가서 앉아 바람을 맞으며) 상쾌하다. 바람. (소리치는) 아 상쾌하다 바람. 따라해. 아 상쾌하다 바람. 따라해. 따라해봐. (모터보트를 운전하는 것처럼 자세를 취하고) 타라. 모터보트야.

지호 모터보트요?

노숙자 그래. 태평양을 가르는 거야. (혼자 원맨쇼 하듯) 꽉 잡아라. 부우우웅.

메탈은 널 평가하지 않아.

메탈은 널 비판하지 않아.

메탈은 그저 위로가 되고, 우리의 외로움을 달래줄 뿐이야.

모터보트를 타고 태평양을 가르는 두 사람.

무대 반대쪽 밝으면, 관리실 앞

소라와 기쁨이 뛰어 들어온다. 두 사람 옥상 쪽을 기웃거리다가 카톡을 확인한다. 고개를 쭉 빼고 옥상을 보지만 누가 있는지는 잘 보이지 않는다.

기쁨   옥상에 있는 거 맞아?

소라   (카톡을 보며주며) 진아가 봤대잖아.

기쁨   불러봐.

소라   니가 불러봐.

기쁨과 소라, 옥상을 보며 지호가 있는지 확인하기 위해 소리쳐보려 하지만 쪽팔려서 그만 둔다.

소라   빨리 올라가. 쟤 난간에 붙어있는 거 안 보이냐?

기쁨   설마 죽을라고 올라갔겠냐.

소라   카톡 봤잖아. 상태메시지를 5분마다 바꾸는 게 정상이냐? 쟤 맛 갔어.

기쁨   압박 좀 하지마. 지금은 안 바꾸잖아.

소라   갈등 때릴 때나 바꾸지, 결심하면 안 바꿔. 빨리 가서 데리고 내려와.

기쁨   어떻게 가 쪽팔리게.

소라   쟤는 안 쪽팔리냐? 쟤 지금 죽으면 니 인생 아웃이야. 살인자 되는 거야. 인생 땡. 종치는 거라구.

기쁨   싸이코도 아니고. 그런 거 땜에 죽냐.

소라   미친년 넌 인간이 반성할 줄을 모르냐. 뇌 있으면 생각해봐. 사람이 쪽팔리고 자존심 상하면 죽는 거야. 인간은 쪽팔림을 아는 동물이라 고등한 거야, 붕아.

기쁨 어쩌라고 그럼.

소라 아가리 묵념하고 올라 가. 잘못했다 그래. (스마트폰을 눈앞에 들이밀며) 얘 진짜 진지해. 궁서체야. 이건 궁서체라고.

기쁨 아 시발…. (발만 동동 구르며 갈등하는)

소라 존나 사람 볼 줄 몰라요. 대가리에 똥든 새끼들보다 지호처럼 개념 박힌 애가 백번 낫다. 올라가서 끌고 내려 와.

기쁨 드립치지마, 미친년아.

소라 언니가 충고할 때 들어라. 남자는 고등학교 때 찌질 해야 성공한다. 너 원빈이 놀았다는 얘기 들어봤냐? 박보검이 놀았다는 얘기 들어봤어? 남자는 스펙이야. 머리도 지호 정도 돼야 애새끼들 머리도 평균 나와.

기쁨 너 맛탱이 갔냐.

소라 니가 지금 그거 따질 때냐.

기쁨 아 씨발… 존나 빡치네….

슬기과 민지가 관리실 앞을 지나가다가 기쁨과 소라를 본다.
넷은 같은 학교를 다녀서 얼굴은 알고 있지만 아는 척 하는 사이는 아니다.
기쁨과 소라가 목을 빼고 바라보는 옥상을 쳐다보는 슬기와 민지.
그러다가 노숙자를 발견한다.

슬기 저기 그 노숙자 아냐? 빵 아저씨?

민지 어? 맞다. 저기 왜 있지?

두 사람은 기쁨과 소라가 서있는 쪽에서 약간 떨어져서 옥상을 바라본다.

소라	저러다 뛰어내린다니까. 니가 올라갈 용기 없으면 119를 부르든가.

슬기와 민지가 기쁨과 소라의 대화를 듣는다.

민지	어떡해. 저 아저씨 뛰어내릴라 그러나봐.
슬기	진짜 신고해야 되는 거 아냐?
민지	옆에 또 누구 있어. 우리학교 애 아냐?
슬기	아까 빵 안줘서 그러나?
민지	미친년, 그러니까 그냥 주랬잖아.
슬기	신호등에 걸렸다고. 빵 주러 목숨까지 거냐?
민지	저 아저씨 굶어서 자살하는 거면, 너 책임질래? 그게 바로 미필적 고의에 의한 살인이야.
슬기	말도 안 되는 소리 지껄이지 말고. 비켜봐. (옥상을 향해 소리치는) 아저씨이~ 노숙자 아저씨이~
민지	븅신아 노숙자라고 하면 어떡해.
슬기	그럼 머라고 불러.
민지	그냥 아저씨라 그래.
슬기	아저씨이~ 여기 좀 보세요.

지호와 노숙자가 함께 아래쪽을 내려다본다.

소라	본다 본다. 빨리.
기쁨	(옥상을 향해 소리치는) 강지호~ 내려와봐.
소라	지금 명령하냐?
기쁨	강지호~ 얘기 좀 하자.
민지	아저씨~ 우리가 빵 갖고 왔어요. 되게 많아요.

슬기　　　내려오세요~

소라　　　강지호~ 기쁨이가 미안하대~

고함치는 소리를 듣고 경비아저씨가 다가온다.

경비아저씨　　학생들 여기서 뭐해. (옥상을 보고) 아니 저 사람이 또 있네.
(지호를 발견하고 소리치는) 학생 괜찮아? 그 사람 좀 내려 보내.

지호와 노숙자 난간을 잡고 아래를 쳐다본다.
두 사람이 난간을 잡은 모습을 보고 밑에 있던 넷은 놀라서 소리
친다.

경비아저씨　　저 사람 못 쓰겠고만. 왜 관리실 옥상엘 올라가. (두 팔을 걷
어 부치며) 다시는 얼씬도 못하게 해주지. (넷을 보며) 학생들은
거기 서 있지 말고 가던 길 가. 저 노숙자 맨날 여기 왔다 갔다
하는데… 내가 처리할 테니까.

경비아저씨 잔뜩 벼르고 옥상으로 올라간다.
지호와 노숙자, 옥상 안쪽으로 옮겨 서서 난간 쪽에서 보이지 않게
된다.

소라 · 기쁨　　들어갔다. /내려오나 보다.

슬기 · 민지　　마음 바꿨나봐. / 다행이다.

다시 지호와 노숙자가 난간 쪽으로 다가와서 밑을 본다.
그러다가 다시 보이지 않는다.

소라	어떡해.
기쁨	아 씨, 뭐하는 거야.
슬기	다시 왔어.
민지	어떡해 어떡해.
소라	다시 간 거야?
기쁨	쟤 뭐냐 진짜.
슬기	저 아저씨 멘탈도 이상한가?
민지	노숙자잖아.
소라	둘이 뭐 해? 이상하지 않냐?
기쁨	둘이 아는 사이 같애.
소라	설마. 아무리 친구가 없어도 노숙자를 만날까.
슬기	쟤 범생 아니냐?
민지	몰라. 근데 범생이 왜 노숙자랑 있어?
슬기	나야 모르지.

잠시 후 경비아저씨가 노숙자를 끌고 내려온다.

지호 그 뒤를 따른다.

경비아저씨	당신 행색이 이래도 정신은 있는 거 같아서 내가 신고는 안 하겠는데 말을 하면 들어야지. 내가 여기는 오면 안 된다고 몇 번이나 얘길 해. 옷을 준다고 해도 안 받고. (옷을 잡았던 손을 냄새 맡고는) 에이 다 뱄네. 이 놈의 옷이라도 갈아입으라니까 참.
슬기	저기요⋯ (노숙자에게 빵이 담긴 쇼핑백을 내밀며) 이거요. 아까 드릴려고 했는데요. 신호등에 걸렸어요. 어제 밤에 만든 거라 모레까지 먹어도 돼요. 냉장고에 넣으면 하루 이틀 더 먹을 수 있어요.

248

민지　이거요, 저희가 헤비메탈이랑 클래식 음악 들려주면서 구운 거예요. 졸라 힘드셔도 죽으시면 안 돼요. 힘내라는 말은 하지 않을 테니까, 이 빵 맛있게 드세요.

노숙자　(민지와 슬기을 쳐다보는)

슬기　다 드셔도 돼요. 저희는 다시 구워서 아파트 시장 설 때 팔면 돼요.

민지　맛도 더 개발할 거예요. 새로 구운 것도 드릴게요.

노숙자, 빵을 들고 경비아저씨에게 끌려 반대쪽으로 나간다.

경비아저씨　(옷을 들고 오며) 아니 그냥 가면 어떡해. 옷을 가져가라니까. 왜 맨날 도망가.

경비아저씨, 노숙자를 따라 나간다.

슬기　우리도 가보자.

슬기과 민지, 경비아저씨를 따라 노숙자가 나간 쪽으로 간다.

기쁨은 지호에게 어떻게 말해야 할지 몰라 외면하고 다른 데만 쳐다본다.
지호는 그냥 갈까 망설이다가 용기 내어 기쁨이와 소라가 서 있는 곳으로 다가간다.

지호　저기 기쁨아.

기쁨　…너 진짜 죽을려고 올라 갔었냐?

지호　응? 뭐가.

기쁨　　옥상. 왜 갔냐고.

지호　　음악 들으러 갔는데.

기쁨　　(소라를 째려보는)

소라　　허. 노숙자랑 음악 들으러 옥상까지 기어 올라갔다고?

지호　　그게 아니라, 가다 보니까.

기쁨　　뭐야 진짜. 야 방소라!

소라　　0.00001%라도 죽을 수 있었어. 최악에 대비하는 건 좋은 거야.

지호　　… 뭔 얘기야? 아까 나한테 할 말 있다는 거랑 관계 있는 거야?

소라　　아니 우린 니가 죽으러 간줄 알았거든. 뛰어내리러.

지호　　내가? 옥상에?

소라　　그럼 옥상에 왜 가냐? 우린 당연히 그렇게 생각했지.

기쁨　　그건 내 생각이 아니라 니 생각이었지.

소라　　지금 그게 중요하냐? 얘가 안 떨어지고 살아 내려왔잖아.

기쁨　　(지호에게 미안한 것이 있어 크게 표현은 못하고 소라에게 눈짓으로만 구박한다)

지호　　있잖아… 나도 줄거 있는데. (주머니에서 사진을 꺼내 건네는) 이거.

기쁨　　… 뭐야? (받아서 보는)

사진을 받아든 기쁨, 놀라고 쑥스러워 얼굴이 빨개진다.

소라　　(기쁨이 옆에 다가와 사진을 본다. 기쁨을 놀리는) 너 얼굴 왜이래. 쉣 구려.

다섯 장의 사진 속에는 장미 꽃다발을 들고 활짝 웃고 있는 기쁨이의 얼굴이 찍혀있다.

사진은 체육대회날 학생회에서 '당신의 마음을 전해드립니다' 라는 이벤트에 지호가 신청하고 받았던 사진이다.

지호는 학생회를 통해 익명으로 기쁨에게 꽃을 보냈고, 학생회는 그 꽃을 들고 있는 기쁨이의 사진을 찍어 지호에게 전해주는 이벤트다. 지호는 다섯 개의 꽃다발을 전해서, 다섯 장의 사진을 받았다.

지호   체육대회 때 찍은 거야.

기쁨   이거 너였냐?

지호   ··· 응.

기쁨   다섯 개 다? 아 진짜. 난 또 누가 보냈나 했네.

소라   다섯 명이나 널 좋아하는 건 불가능이지.

기쁨   (사진 속 자기 얼굴을 들여다보며) 나 어쩜 이렇게 생겼냐. 그날 BB 발랐는데. 얼굴 다 타가지고. 개기름 봐.

지호   그래도 이뻐.

소라   존나 오글거려.

지호   진짠데···.

기쁨   아무리 나지만, 이 사진 보고 그런 말 하는 건 오글이 토글이 다.

지호   ···. (소라를 본다)

소라   ··· 왜? (자기한테 가라고 하는 줄 알고) 가라고? 야. 너 옥상 위에 있을 때, 니 편 들어준 게 누군 줄 아냐?

지호   그냥 본건데···.

소라   아 짜증나.

기쁨   ··· 낮에는 너한테 그러려던 건 아니고, 우리 아빠 때문에 짜 증나서 그랬어.

지호   아까는 열 받았는데, ··· 괜찮아. 아빠들이 그렇지 뭐. 나도 우리 아빠한테 짜증내고 그래.

기쁨 그리고 저번에 너 욕한 거 있잖아. 옷이랑 그런 거. 그건… 내가 사실은 네파 초록을 싫어해.

지호 … 나 그 말 들을 때 진짜 쪽팔렸어. 진짜 아까 욕 먹을 때보다 그 때가 더 죽고 싶었거든.

소라 (기쁨에게) 거봐. 내 말이 맞지?

기쁨 넌 좀 짜져 있어 줄래?

소라 미친. 그냥 미안하다 그래. 말 빙빙 돌리지 말고.

기쁨 아 진짜.

지호 난 솔직한 니 말투가 좋아. 저번에 나한테 한 건 쫌 아니었지만.

기쁨 사람이 네파 초록색 싫어할 수도 있지. 넌 연예인이면 다 좋아하냐? 그리고 솔직히 진짜 네파 초록은 아니지 않냐? 내가 니 신발이나 가방같은 건 안 깠잖아. 나도 니 가방 브랜드 있어.

지호 알고 있어. 나도 그래서 그 가방 산거야. 너 따라서.

소라 지랄. 나 토 쏠리거든. 둘이 놀다 와라. 나 간다.

기쁨 (소라를 잡는) 같이 가.

소라 그럼 빨리 오든가. (앞장서서 먼저 나간다)

지호 어디로 가는데. 나도 가면 안 돼?

기쁨 우리 뭐 해야 돼.

지호 UCC?

지호 너 UCC 찍는 거 있잖아. 그거 자작곡으로 하면 단방에 붙는데.

기쁨 그걸 누가 모르냐?

지호 나… 노래 만들어 논 거 있는데.

기쁨 노래? 너 작곡할 줄 알아?

지호 가사도 써.

기쁨　그럼 진작 얘길 하지.

지호　계속 말하려고 공터 쪽으로 갔었던 건데.

기쁨　남자 새끼가 그런 말 하나 못하냐?

지호　(주머니에서 USB를 꺼내준다) 들어봐.

기쁨　주머니에 별거 다 갖고 다닌다.

지호　기회가 되면 주려고 맨날 갖고 다녔어.

기쁨　내가 니 음악으로 UCC 찍는다고 해서 우리가 사이가 달라지는 건 아냐.

지호　내 음악 써줄 거야?

기쁨　일단 들어보고. 간다.

두 사람 나가면, 뒤쪽 벤치에 앉아 딸기우유와 커피우유를 마시는 슬기와 민지 보인다.

슬기가 가방에서 소주를 꺼내 두 개의 우유팩에 각각 조금씩 따른다.

소주를 넣은 우유팩에 빨대를 꽂아 쪽쪽 빨아먹고 두 사람.

슬기　어제 뉴스 봤냐? 20층에서 뛰어내린 중학생. 걔 엘리베이터 타고 올라가는 거 CCTV에 다 찍혔잖아. 완전 안절부절 못하고. 인터넷 동영상에는 걔 뒷모습만 나오는데, 근데 그 뒷모습이 왠지 무섭지 않고 존나 익숙하게 느껴졌거든.

　　　존나 친근하게. 아까 그 남자애랑 노숙자 아저씨 볼라고 그랬나… (팔을 문지르며) 아 생각만 했는데 팔에 소름 돋았어.

민지　유서에 자기 괴롭힌 애한테, 자기 장례식 오면 가만 안두겠다고 써놨다며?

슬기　…20층이면 높이가 몇 미터나 될까.

민지　한 100미터, 150미터?

슬기　저번에 19층에서 떨어진 여자애 유서에는 박윤아라고 이름만

적혀있었대. 아주 큰 글씨로 삐뚤삐뚤.

민지 아팠을까?

슬기 졸라 아프지 않았을까

민지 아팠겠지….

슬기 넌 내가 자살하면 뭐라고 말할 거냐, 첫마디가 뭘 거 같애?

민지 미친년. 존나 개념 없네. 어떻게 부모보다 먼저 가냐??

슬기 그냥 가정을 하는 거잖아. 내가 농담으로 죽고 싶다고 말하면 넌 뭐라고 말할 거야?

민지 넌 자살하면 안 돼. 너 자살하면 울어줄 애가 없잖아. 너 같이 따당하는 애들은 오래 살아야 해. 너 따시킨 년들 다 죽고 너 혼자 남아서 웃으면서 늙어죽어야 된다니까.

슬기 내가 진짜 죽고 싶다고 너한테 문자 보내면?

민지 "미친년아 뒤질 거면 진짜 뒤져봐. 이렇게 나한테 문자질하면서 징징댈 거면 너 자살할 위인 안 돼. 조용히 소리 없이 뒤질 거 아니면 그런 소리 꺼내지도 마!" 라고 박민지가 말했습니다.

슬기 진심으로 같이 죽자고 하면?

민지 ….

슬기 너한테 내가 진심으로 같이 죽자고 하면?

민지 난 안 죽어. 절대 자살 같은 건 안 할 거야.

슬기 미친년. 안 그렇게 생겨갖고 세상에 졸라 미련이 많아.

민지 내가 할 일이 얼마나 많은데. 돈도 많이 벌어야지, 얼굴 고쳐서 김태희로 살아봐야지, 남자친구랑 배낭여행도 가야 되지, 결혼해서 애도 낳아야 되고. 난 행복하게 오래 살다 죽을 거야.

슬기 아우 오글거려. 그래 박민지, 참 퓨어하고 건강하다. 몸도 마음도 초우량 개건전.

민지 미친. 비웃냐?

슬기 퓨어하다고 칭찬해줘도 지랄이야.

민지 그게 까는 거지 칭찬이냐?

슬기 알았어 알았어. 너 시장 언제 갈 거야?

민지 시장?

슬기 니가 팥 고르기로 했잖아. 국내산 구별한다며.

민지 그냥 인터넷으로 사면 안 되냐? 훨 싼데.

슬기 미친. 인터넷은 싹 다 중국산이지.

민지 인계시장은 너무 복잡한데.

슬기 갈 거야 말 거야.

민지 언제쯤이면 돈 안 벌면서 살 수 있을까?

슬기 (팩 채 들고 꿀꺽꿀꺽 마신다)

민지 (팩 채 들고 꿀꺽꿀꺽 마시다가, 입에 손바닥을 대고 불어 술 냄새를 확인한다)

슬기 불어봐.

민지 (슬기의 얼굴에 입으로 바람을 분다)

슬기 아휴. 술 냄새. 소주 3병은 마신 냄새다.

민지 미친, 니가 소주 세 병 마신 냄새를 아냐? 존나 못 마시는 게.

두 사람 같이 서로의 얼굴에 바람을 분다.

냄새가 지독한지. 켁켁 거린다.

슬기 (입에서 냄새를 뿜어내며) 집에 들어가면 개작살 나겠다.

민지 있잖아… 니가 진심으로 같이 죽자고 하면, 나 그러자고 할 거 같애.

슬기 진짜?

민지 친구니까. 우린 중학교 때부터 친구였으니까. 걔 있잖아. CCTV에 뒷모습 찍힌 애. 난 그 애한테 먼저 다가간 친구 하나 있었으면, 걔 안 죽었을 것 같애.

민지, 손을 내밀면 … 슬기 민지의 손을 잡는다.

손을 잡은 채 벤치에서 일어나 잠깐 서로를 느끼는 두 사람.

둘은 손을 잡은 채 눈을 감는다.

민지 올라갑니다. 띵똥! 1층… 2층… 3층… 4층…

슬기 오호. 졸라 하나도 안 무서워. 같이 올라가니까 졸라 하나도 안 무서워.

민지 조용히 좀 하고. 5층… 6층… 7층… 8층…

슬기 잠깐잠깐. 여긴 우리집 있는 층인데… 잠깐 집에 들렸다올까. 아니다. 엄마 얼굴 보면 졸라 마음 약해질 것 같애.

민지 다시 올라갑니다. 9층… 10층… 11층… 12층

슬기 졸라 우리도 CCTV에 찍히고 있겠지. 뒷모습만 찍혀야 하는 데. 어느 쪽으로 서 있어야 뒷모습만 찍히는 거지.

민지 앞을 봐. 앞쪽! 13층 14층 15층 16층슬기 잠깐잠깐, 졸라 조금 씩 무서워지네. 심호흡 좀 하고. 후우후우. 올라가자.

민지 다시 올라갑니다. 17층 18층 19층 20층. 저기 큰 창문이 보이 지. 저기로 뛰어내리는 거야. 하나 둘 셋, 하면 같이 뛰어내리 는 거야.

슬기 숫자가 왜 이렇게 짧냐. 다섯으로 해.

민지 그래 다섯.

민지·슬기 하나… 둘… 셋… 넷….

두 눈을 감은 채 남아 있는 두 사람.

슬기 (눈을 뜨고) 우리 살아있는 거야.

민지 응. 아직 숫자 다 안 셌어.

슬기 오호. 졸라 무서웠는데. 오호, 내 팔에 목에 소름 돋은 거봐.

소름 봐. 완전 쩔었어. (민지를 보는) 괜찮아? 박민지 괜찮아?

민지 (눈을 뜨는) 그런데 죽을 시간이 다가오면 좀 무서울 거 같애. 그리고 죽고 싶지 않을 거 같기도 하고. 그런데, 야 나 안 죽어. 나 못 죽겠어, 이 말은 못 할 거 같애. 그냥 너한테, 내가 함께 죽겠다고 말한 걸 후회하고 있다는 느낌을 줄 수 없으니까… 뛰어내리진 못하고 미안하니까… 되게 망설이면서 그런 표정 감추려고 억지로 막 웃는 표정 지을 거 같애. 이렇게. (억지로 웃는 표정을 짓는)

슬기 (풋 웃는다) 다시 지어봐.

민지 (다시 짓는) 너도 지어봐.

슬기 (억지로 웃는 표정을 짓는) 너 졸라 못 생겼어~

민지 (억지로 웃는 표정을 짓는) 너도 졸라 못 생겼어~

슬기 우린 빨리 돈을 벌어야 돼.

까르륵 웃는 슬기와 민지.
벤치에서 일어나 셔플 댄스를 춘다.
서로에게 '졸라 못생겼어' '졸라 못생겼어' 서로 갈구며 춤을 춘다.

8. 기쁨이네 집·장현과 기쁨

장현이 방에서 짐을 가지고 나온다.
다시 지방으로 돌아가는 장현은 집에 왔을 때 모습 그대로다.
기쁨이 항상 앉아 있던 좌식테이블 위는 깨끗하게 치워져 있다.
기쁨의 방문을 노크해보는 장현. 반응이 없다.

커다란 리본으로 포장이 된 선물 상자를 테이블 위에 놓는 장현.
리본이 너무 큰 것 리본을 풀었다가 다시 묶었다 하고 있는데, 기쁨
이 현관문을 열고 들어온다.
슈퍼에 잠깐 다녀온 듯 손에는 과자가 든 비닐봉지가 들려있다.

장현   (묶던 리본을 엉성하며 마무리하며) 어디 갔다 오니. 안 보이길래
        멀리 나간 줄 알았어.

기쁨   (방으로 들어가려는)

장현   아빠 지금 가려고.

기쁨   (멈춰 선다)

장현   소라는 얼굴 못 보고 가겠다. 인사 전해줘.

기쁨   … 응.

장현   다음 달에 아빠 회사 옮기기로 했어. 집 근처면 좋겠다 싶었
        는데, 이쪽에는 자리가 없다고 해서. 아무튼 훨씬 가까운 데
        로 오니까 자주 올게.

기쁨   ….

장현   그리고 해 둘 얘기가 있는데. 중요한 건 아니지만 혹시 몰라
        서 알고만 있으라고. … 다음 주에 수술이 하나 잡혀 있는데,

수술 끝나면 이사 갈 거야.

기쁨   (수술이라는 말에 쳐다본다)

장현   그냥 알고만 있어. 생활비는 통장에 넉넉히 넣어 뒀으니까 걱
        정 말고.

기쁨   (뭐라 말해야 할지 몰라 침묵한다)

장현   저기… 아빠가 컴퓨터 사 놨다. 동영상 찍으면 아빠한테도 보
        여줘.

기쁨   (테이블 위의 상자를 본다)

장현   비싼 거야. 또 화난다고 던지지 말고. 다시 안 사줄 거니까.

기쁨   ….

장현   고맙단 얘기도 안하냐. 아무리 부모 자식 간에도 할 건 해야
        지.

기쁨   고마워.

장현   그래. 잘 지내고 건강하게. 아빠한테도 카톡 좀 해라.

기쁨   ….

장현   (가방을 가지고 현관으로 간다)

기쁨   (멀찍이서 보는)

장현   (현관문을 열며) 문단속 잘해. 여자 혼자 있는데. (발걸음이 떨어
        지지 않아 잠시 서 있다) 참, 컴 안에 아빠가 뭐 저장해 놨다. 이
        따 켜봐.

기쁨   … 응.

장현   갈게.

기쁨   저기….

장현   수요일. 수술 끝나면 전화할게.

기쁨   …응.

장현   알았어. 아빠 수술 잘할게. (나가며) 나오지 말고 문 닫아. 추
        워.

기쁨이 나가려는데 밖에서 장현이 문을 닫는다.

좌식테이블로 와서 아빠가 남기고 간 상자의 리본을 풀어보는 기쁨.

안에서 예쁜 아이패드가 나온다.

눈물을 훔치며 아이패드를 켜는 기쁨.

아빠가 바탕화면에 저장해둔 동영상을 누른다.

아이패드 속에는 레이디가가의 노래와 함께 장현의 모습이 보인다.

아빠목소리 기쁨아, 너 레이디가가 좋아한다며? 아빠도 레이디가가 엄
청 좋아해. 너 내가 옛날에 춤 잘 췄던 거 모르지? 너랑 같이
UCC는 못 찍을 거 같아서 나 혼자 찍어봤어. 가능하다면 편
집해서 넣어줘. 아니다 싶으면 지워버려도 서운해 하지 않을
게.

음악 커지면서 영상을 보고 있던 기쁨의 얼굴에서 웃음이 빵 터진다.

영상 속의 장현은 레이디가가처럼 옷을 입고 춤을 추고 있다.

딸을 위해 정말 열심히 춤을 추는 장현. 기쁨이 어이없다는 표정으로
웃으며 영상을 보고 있다.

9장. 외톨이들, UCC를 찍다

지호가 만든 노래가 흘러나온다.

무대는 아파트 공터로 변하고 소라와 기쁨이 나와서 의상을 준비한다. (옷이나 액세서리를 덧입거나 착용하는 것으로, 마치 무대 의상을 갈아입는 듯한 느낌을 주도록 한다)

기쁨이와 소라가 춤을 추면 무대 한쪽에서는 지호와 노숙자가 나와 모터보트를 탄다.

무대 다른 한쪽에서는 빵을 팔고 있는 슬기와 소라.

슬기와 민지는 빵 코스튬을 입고 빵을 팔고 있다.

슬기   (씩씩하게) 빵 사세요. 오늘 아침 갓 구운 따끈따끈한 빵입니다. 빵 사세요~ 빵 사세요~

민지   (새침한 목소리로) 빵 사세요~ 국산 밀과 팥으로 만든 따끈따끈한 빵입니다. 빵 사세요~ 빵 사세요~

슬기와 민지 눈빛을 교환하고 각자 전기기타와 바이올린을 가져와 연주한다.

모두 함께 다른 공간에서 UCC를 찍고 있는 것처럼
각각의 춤과 퍼포먼스가 이어지면서
무대 어두워진다.

— eNd —

Thank You

이 작품들을
세상에 나올 수 있게 해준
배우님들께 감사드리고 싶습니다.
헤비메탈 걸스 배우님들!

송재룡, 리우진, 박호산, 서현철, 김도영, 황석정, 구혜령, 염혜란,
김동현, 김결, 박미현, 문상희, 김나미, 박지아, 이봉련, 최현숙, 강말
금
그리고 김수로 배우님과 강성진 배우님, 박정철 배우님
헤비메탈 걸스를 영화로 만들고 계신 유인수 대표님
김나미 배우는 이 작품에서 이강물 사진작가님을 만나 결혼을 하게
되었습니다.
제 작품의 모든 사진을 찍어주는 이강물 사진작가님께도 감사드립니
다.

안녕 후쿠시마로,
유하를 만났고, 이유하 배우를 통해
영화 〈나랏말싸미〉 조철현 감독님을 만났습니다. 그리고 영화사 '두
둥' 의 오승현 대표님을 만나 영화를 시작하게 되었습니다.
'나인 뮤지스' 의 혜미와도 이 작품에서 만났습니다. 제가 처음으로
만난 아이돌 가수입니다. 그 이후에 저는 '나인 뮤지스' 의 팬이 되었습
니다.
제가 아끼는 배우 백선우와 윤충은 이 작품에 출연하면서 결혼을 약

속한 사이가 되었습니다.

'외톨이들'은 고선웅 연출님을 만나게 해주었습니다.

고선웅 선배님은 늘 힘이 없어 보이는 제게 '행복해라!' 하고 소리쳤습니다.

정말 그 소리가 너무 커서 항상 깜짝 놀라곤 했습니다.

그리고 원조 외톨이들 최은경과 배소현 배우는 제가 생각하는 최고의 웃긴 여배우들입니다.

고마운 분들이 또 있습니다.

평창올림픽 개막식을 연출한 양정웅 연출님이 없었다면 저는 중도에 작가의 길을 멈췄을지도 모릅니다. 영어도 못하는 저한테 외국의 작가들과 자주 만나게 해주었습니다. 정웅이 형은 마치 저를 한국을 대표하는 작가처럼 대해주셨습니다.

처음 작가로 데뷔해서 무명시절을 보내고 있을 때,

윤다경 선배님은 제 작품을 변함없이 항상 응원해줬습니다.

저는, 두 번째 희곡집 제목처럼,

우울한 소년에서 지금은 머리카락이 빠지는(탈모 약을 복용 중인) 중년 아저씨가 되었습니다.

중년이 되어도, 소년 때 가졌던 꿈은 늘 변함이 없습니다.

그런 철없는 소년을 사랑해주시는,

이만희 선생님!

선생님이 가셨던 작가의 길을 저도 어서 빨리 따라가고 싶습니다.

육아로 경력단절의 시간을 보내고 있을 때, 작가의 길로 불러주신

강량원 선생님,

언제나 작가로서 가장 닮고 싶은 고연옥 선배님,

그리고 지금 차원이(차근호 · 최원종 · 이시원)가 쓰고 있는 시나리오의
주인공 송강호 배우님

나의 소중한 단원들 성진, 현수, 기훈, 경훈이,

그리고 드디어 꿈을 향해 다가가고 있는, SBS 드라마 〈미스 마〉의 남
자주인공 역을 따낸 최광제,

아내의 부모님이 돌아가셨을 때

끝까지 함께 있어준 극단의 모든 단원들한테 진심으로 고맙습니다!!

6년 만에 다시 만난 오랜 친구 같은 선배작가 근호형과

늘 옆에서 힘이 되어주시는 강정윤 선배님,

일본연극 얘기를 많이 해주시는 이홍이 선생님과의 만남에

감사함을 느끼고 있습니다.

늘 든든한 후원자이며 가족인

수원에 계신 둘째 처형과 둘째 형님께 이 자리를 빌어 마음 깊이 감사
하다는 말씀을 드리고 싶습니다.

저는 100살까지 글을 쓰며 살고 싶습니다.

아버지와 어머니 그리고 큰형과 함께!

오래오래 제 곁에 있어주세요~

〈위대한 쇼맨〉과

〈라라랜드〉 같은

세상에 뜨거움을 주는 작품을 언젠가 쓰고 싶습니다.

메탈은 세상을 여행하는 작은 모터보트 같은 거지!

"이 도서는 한국출판문화산업진흥원
2018년 우수출판콘텐츠 제작 지원 사업 선정작입니다."

헤비메탈 걸스

최원종 희곡집 · 2

초 판 1쇄 인쇄 2018년 11월 15일
초 판 1쇄 발행 2018년 11월 21일

글 쓴 이   최원종
펴 낸 이   이정옥
펴 낸 곳   평민사

주   소   서울시 은평구 수색동 317-9 동일빌딩 202
전   화   375-8571(대표) / 팩스 · 375-8573

평민사 블로그에 오시면 출간된 모든 책을 보실 수 있습니다.
http://blog.naver.com/pyung1976
e-mail: pyung1976@naver.com

ISBN 978-89-7115-658-2   03800

등록번호   제251-2015-000102호

값   15,000원